The Light Beyond the Forest:
The Quest for the Holy Grail

ローズマリ・サトクリフ
山本史郎＝訳

サトクリフ・オリジナル2

アーサー王と聖杯の物語

原書房

アーサー王と聖杯の物語❖もくじ

サトクリフ・オリジナル『アーサー王と円卓の騎士』

❖もくじ❖

サトクリフ・オリジナル3『アーサー王最後の戦い』

❖もくじ❖

第1章　聖杯の騎士の誕生

東西南北どの方向から見ても、キャメロットの城市《まち》は上り坂だ。丘の急な斜面を、色とりどりの屋根また屋根が、はいのぼるようにしてならんでいる。丘のふもとは、まるで襟巻のように川がめぐり、無数の銀色の波がきらきらときらめいている。そして城市《まち》の中心の、一段と高くなったいただきに、アーサー王の宮殿がそびえ立っていた。

アーサー王の宮殿には《円卓》があった。この円《まる》いテーブルのまわりには、百五十人の騎士が座ることができた。そしてそれぞれの騎士の名前は、座席の高い背もたれの上に、美しい黄金の文字で記されてあった。《円卓の騎士団》は、アーサーが王座についたばかり

の、いまだ若々しい少年王であったころに結成された。世に正義と慈愛と騎士道をひろめ、強き者をくじき、正しき者を助けるというのがその目的であった。

騎士たちには、それぞれ、生きるべき自分の人生があり、果たすべき自分の冒険もあるので、ふだんはさまざまの土地をさまよったり、領地ですごしたりすることも多い。しかし、教会の主要な祭日ともなれば、アーサー王のもとに集ってくるのが習慣《ならわし》となっていた。というわけで、ある年の聖霊降臨祭［復活祭後の第七日曜日］の前夜にも、騎士たちはキャメロットの都によりつどってきた。そうして、いままさに夕食の席につこうとしていた時に、とつぜん、うら若き乙女が馬の背にのったまま、大広間に駆けこんできた。見れば、大急ぎに急がせたせいか、馬がびっしょりと汗をかいている。

さっそく、乙女は口上を述べた。

円卓の騎士団の中でも、もっとも偉大なる騎士、湖のランスロットさま、お仕えするペレス王の代理としてやってきました、いまから自分と一緒においでいただきたい…というしだいであった。

「ペレス王が、わたしに一体どういうご用だろう？」

と、ランスロットはたずねた。

「それは、おいでいただければわかります」

ランスロットは席に座ったまま、テーブルの上にのせた自分の手を眺めた。いつもは剣をにぎる、骨ばった手だ。すると、ランスロットの心の中で過去が目を覚ました。過ぎ去った悲しみ、来るべき出来事への予感、そして不安で、胸が痛んだ。しかし同僚の騎士たちが息をつめて見まもる中で、ランスロットは椅子から立ち上がり、馬に鞍をすえるよう、従者に指示を出した。そして別の従者には、鎧《よろい》を持ってくるよう命じるのだった。

こうしてランスロットは、乙女の望みどおり馬上の人となり、城門を出た。そうして坂をくだり、三脚の橋を渡って、若葉のしげる、迷路のような夏の森へと消えていった。

まもなく、ランスロットは自分がいままで知らなかった道にいることに気づいた。長年、森のなかの道はさんざん通ってきたはずだ。しかし、ここを通るのはこれがはじめてだった。こうして一里《リーグ》も進んだかと思われるところで、森の樹々がとぎれ、大きながらんとした空間に出た。この場所も、ランスロットには見覚えがなかった。さまざまな果樹園や薬草の畑がならんでいる真ん中に、尼僧のための灰色の建物がひっそりとたたずんでいる。二人が近づいてゆくと、まるで待ちかまえていたかのように、すうっと門が開いた。そして修道院の召使たちが出てきて、ランスロットの馬をあずかった。またそれとは別の召使たちがランスロットを導いて、客間へと案内していった。そこは天井の高い、とても美しい部屋であった。

部屋の中央にベッドがあった。そしてその上に、二人の騎士が眠っていた。二人は、朽《くち》葉《ば》色の頭髪を枕に深く埋《うず》めている。これはボールスとライオナル——自分の身内じゃないか！と、ランスロットは思った。いまは円卓の集まりへと、駆けつけていなければならないはずだった。ランスロットは派手に笑うと、それぞれの肩をゆすぶって起こした。目をあけた二人はいきなり身を起こし、そこにいるのが誰なのかを見もしないで、短剣に手をのばした。

しかし相手がランスロットだとわかったので、ひとしきり、にぎやかな声であいさつがかわされた。と、そこに、修道院長と二人の尼が、一人のとても若い男をともないながら、しずしずと部屋に入ってきた。四人が入ってくると、笑い声とばか騒ぎがぱたりとやんだ。新来の四人とともに、静寂そのものが部屋に侵入してきたかのようであった。

修道院長の尼僧が、おもむろに口をひらいた。

「ランスロットさま。お連れしたこの子どもは、母親が亡くなって以来、わたくしどもが自分の子のように可愛がり、いつくしみながら育ててきました。最初は地面に立てた剣にも満たぬ背丈でしたが、いまこうして、騎士になるべき時がやってまいりました。ご祖父にあたられるペレス王さまは、この子があなたのお手により騎士に叙せられることを、お望みです」

院長の声がやむと、ふたたび沈黙がおりた。そしてそんな沈黙の真ん中で、ランスロットと少年はじっと見つめ合った。

湖のランスロットはみにくい男だった。ただし、それはなぜか女性に愛されるみにくさであった。白髪まじりの頭は、アナグマの毛皮のように縞模様《しま》。そしてその下のあさ黒い顔は、まるで大急ぎで仕上げたかのように、左右がうまくそろっていなかった。口の片方の端は、重大なことでも考えているかのようにあくまで重々しいが、反対側は喜びにはねあがっている。片方の眉は隼《はやぶさ》の翼のようにまっすぐだが、逆の方は野良犬の耳のようにあられもなくとびはねている。ランスロットは、いままで、四十五度《たび》の夏と冬を生きてきて、そのあいだ全身全霊をうちこんで、愛し、悲しみ、戦い、勝利してきた。そしてそんな喜び、悲しみ、戦いは、ことごとく、ランスロットの上に痕跡を残していた。

少年の顔は青白く澄んでいた。人生がやってきて、触れるのを待っている清浄無垢な顔であった。また髪はなめらかで、黒絹の円《まる》ぼうしを頭にぴったりとかぶっているように見える。この少年の顔は、産みの母である、ペレス王の娘エレインによく似ている。少年とはじめて向かい合った瞬間に、ランスロットはそう思った。しかし、人をしてエレインを「百合の乙女」と呼ばしめた美しさが、この少年にも受けつがれていたが、その同じものが、この少年にあっては、鋭い槍の穂、もしくはすらりと立ち上がった炎を連想させた。

しかし、切れ長の灰色の目は、混沌としたランスロットの造作にも、静かに何かを待っているような少年の顔にも共通しており、いま、その目と目がお互いをじっと見つめ合っているのであった。

身動きもしないでこんな二人を眺めていたボールスとライオナルは、すばやく、びっくりしたような視線をかわした。

ランスロットが、ついに口をひらいた。

「そなたの名は？」

「ガラハッド」

この瞬間、ランスロットの心の奥に、とつぜんのはげしい慟哭がおきた。このことを知っている者は、ランスロットよりほかにはいなかった…　大人になってからずっと、ランスロットはアーサー王の王妃グウィネヴィアを愛しつづけてきた。グウィネヴィアのために、ランスロットはほかの女に目をむけることは、一度もなかった。しかし、はるか以前のこと、ペレス王の娘エレインがランスロットを思い初《そ》めたことがあった。姫は矢も楯《たて》もたまらなくなり、詐術《さじゅつ》をもちいることによって、ただ一夜だけ、ランスロットを自分のものにした。そしてこの一夜によって姫は息子を授かり、ガラハッドと名づけたのであった。

「わたしはいまでこそ湖のランスロットと呼ばれているが、この名前を得る前は、わたしの名もガラハッドだった」

と、ランスロットが言った。しかし、こんなことをしゃべる必要のなかったことに、ランスロットは気づいた。息子はすでに知っているらしかった。

そこで、こんどは僧院長の尼僧にむかって、こう言うのだった。

「この子には、今夜、教会で終夜の祈りをさせてください。朝になったら、子どものお祖父《じい》さまの望むとおりにいたしましょう」

こうして、その夜、ガラハッドは僧院の教会の祭壇の前にひざまずいて、終夜の祈りを行なった。そして聖霊降臨祭の朝が明けそめて、目覚めた鳥たちが歌いはじめると、ランスロットはガラハッドの肩を剣でたたいて、騎士に叙した。

すべてが終わると、ランスロットは言った。

「さあ、いまから、一緒にアーサー王の宮廷に行こう」

しかし僧院長は首を横にふった。

「まだ、その時ではありません。あなたたちはキャメロットにお帰りなさい。ガラハッドは、しかるべき時がきたら行かせましょう」

こうしてランスロットと二人の従弟《いとこ》たちだけが、キャメロットに帰っていった。道すがらランスロットはまっすぐ馬の耳のあいだに視線をむけたまま、一言も口をきくことがなかった。

三人がキャメロットにつくと、アーサー王と王妃がすべての宮廷の人々とともに朝のミサに出かけており、宮殿はがらんとしていた。さりとて、いまからミサにくわわるには遅すぎる。三人は大広間に入ってゆき、そこで一同の帰りを待つことにした。そうして、そこで、三人はとても奇妙なものを目にした。

それは、このようなしだいであった。

はるか昔、円卓の騎士団が結成された時のこと。すでに、神秘の知恵をきわめた老人――賢者マーリンが、アーサーに王たる者の知るべきことをすべて教えたばかりか、魔法によって、百五十名の騎士が座れる円《まる》いテーブルをアーサーのために用意した。しかし、それ以来、もっとも多い時で百四十九名の騎士がこの円卓のまわりに座ったが、ただ一つの席だけはたえて満たされることがなかった。この席は〝危険な席〟と呼ばれていた。この席に座った者に、禍《わざわ》いのふりかからないことがなかったからだ。さて、マーリンはあろうことか深い叡智《えいち》をも忘れ果て、美しい魔性の女にあでやかに笑いかけられたばかりに現《うつし》心《ごころ》を失ない、女によって魔法のサンザシの樹の下に閉じ込められたけっか、いまもなおそこに眠りつづけている。

さて、アーサーと騎士たちが、一つの席が満たされぬままに、この円卓に座りはじめて、はや二十年以上の歳月がすぎた。円卓の騎士団が結成された初期のころに席をしめていた者で、すでに亡くなった者もおり、いまは彼らのかわりに、若い騎士たちがその席に座っていた。また、ずっと最初からいる者たちも、かつては美しい黒髪、金髪、栗色の髪をなびかせていた若者が、戦さの古傷もいたましい白髪だらけの老人となってしまった。それでも、危険な席は満たされることがなかった。

しかし、いま、高窓から差してきた陽《ひ》ざしが、みごとに彫刻された椅子をつつむと、その高くそびえた背もたれの上で、何かがきらりと光った。三人の騎士は椅子に近づいた。するとそこには、いまのこの瞬間に鋳《い》出されたかのような、無垢な黄金の文字で、このように記されてあった。

「われらが主イエス・キリストの受難より、四百五十年がすぎた。今年の聖霊降臨祭の日に、この席の主《あるじ》が現われるであろう」

「まさに今日ではないか」

ランスロットが、息を呑《の》んで言った。

そしてボールスは――いつもは、はっきりとした理由のない行動をとるような人間ではなかったが――ほとんど自分が何をしているかもわきまえないままに、自分のマントを〝危険な席〟の背にばさりとふせた。そこに記された文字を、しかるべき瞬間まで隠しておこうとでもいうのであろうか？

やがてアーサー王、王妃をはじめとして、宮廷の人々がミサからもどってきた。そして帰ってきた三人の騎士を見つけると、歓迎の言葉を述べ、王は、ランスロットにむかって前日の冒険のてんまつをたずねた。そこでランスロットは、乙女に案内されて尼僧院に行ったこと、そこである若者を騎士に叙したことを話した。しかし、その若者については、ペレス王の孫にあたる人物だというほかは、何も話さなかった。それは、「みなに知られるのも、時間の問題だ」と思ったからである。しかし王妃は、すでに真実を察したようであった。王妃は一同にあいさつすると、侍女たちを引きつれて、そそくさと自室にこもってしまった。

召使たちは正餐のためにテーブルの用意をはじめた。しかし騎士たちが席につこうとした、ちょうどその時に、一人の従者が駆け込んできて、大きな声で叫んだ。

「みなさま――王さま――たいへんな奇跡です――」

「どんな奇跡だ？」

と、アーサー王がつっけんどんに問いかえす。アーサーはいささか腹が空いていたのだ。

「岩です――大きな岩が、まるで樹の葉のように軽々と川を流れてきます。それから、この岩には剣がつっ立っているのです。この目でちゃんと見たのです！」

アーサーは、昔出会った、ある石のことを思い出した。あの石にもやはり剣がつき立っていた。そう、あのときはみずからその剣を引き抜いて、自分こそ、運命によって定められた真のブリテンの王であることを証明したのだった…などと考えていると、空腹のことが頭から消し飛んでしまった。そんなわけでアーサーは騎士の一同を後ろにしたがえながら宮殿を出て、川の土手へとおりていった。すると、土手が流れの中に大きくつきだして、ハンノキの根っこが露出してからみ合っているところに、赤い大理石のかたまりがひっかかっていた。そしてこの岩塊に、一本の剣が、まっすぐ天にむかってつき立っている。なんと、この剣の柄頭《つかがしら》は、りんごほどもあろうかという大きな球形の琥珀《こはく》であった。また、鍔《つば》には、黄金の文字でこのように記されていた。

《わたしをここから抜くことのできるのは、わたしを腰に吊るべき者のみだ。そしてそれは、世に最高の騎士となろう》

アーサーは自分の剣も、それがささっていた石も、すでに過去のものであることを知っていた。そこで、数ある騎士の中で、もっとも自分に親《ちか》しいランスロットにむかってこう言うのだった。

「そなたの名前が書かれているも、同然ではないか」

「いいえ、王さま、わたしの名前ではありません」

ランスロットは、いったいなぜ自分がこんなことを言ってしまったのかわからなかった。これは謙遜などではなかった。ランスロットは世の人という人が褒《ほ》めそやす、騎士の中の騎士という自分の名声をよく知っていた。なのに、このとき、ランスロットはあのように言わないではいられなかった。

アーサー王は言った。

「試してみよ」

「いいえ」

とランスロットはこたえ、自分の腰に吊った剣の柄《つか》に手をのせた。

「わたしにはジョワイユという愛剣があります。この上に、別の剣に目を移すなどという、不義理を行なういわれはありません」

こう言うと、ランスロットの口はぱしりと罠《わな》のように閉じてしまい、一歩たりとも剣に近づこうとはしなかった。

そこでアーサー王はオークニー国のガウェインに命じた。ガウェインはアーサーの甥にあたり、アーサーにとても親しい気持ちをいだいていた。ガウェインは両手で剣の柄《つか》をにぎると、渾身の力をこめて引っぱった。首に青い血管が浮き出してきた。しかし、剣はみじんも動かない。

つぎは、ウェールズ出身の若者パーシヴァルにおはちがまわってきた。パーシヴァルは手にぷっと唾をはきかけると、試してみた。パーシヴァルが挑戦を引き受けたのは、たんにガウェインにおつきあいしたというだけの話だ。パーシヴァルは大柄で、気だてがよく、純真な心の若者で、自分を買いかぶったところなどまったくなかった。このパーシヴァルも失敗すると、われこそはと名のりを上げる者は、もはやいなかった。そこで、しばらくすると、一同は赤い大理石にささった剣をそのままにして、正餐をとりに、大広間へとひき返していった。

しかし、その日は、食事を食べる前に、さらにもう一つ、驚くべき出来事が一同を待ちかまえていた。

というのも、みなが席につき、鐘がなり、歌声が流れ、角笛が吹き鳴らされて、最初の料理がはこびこまれてきた、ちょうどその時のこと。とつぜん、誰も触れもしないのに、大広間のすべての扉と窓のよろい戸が、突風をうけたかのように、ばたんと閉まった。このとき、蠟燭《ろうそく》の炎を揺らすほどの風もなかった。そうして大広間は闇に閉ざされるどころか、まるで外の明るく澄んだ太陽の陽《ひ》ざしがそのまま入ってきたかのように、明るい光に満ちあふれるのだった。

円卓のまわりに座った騎士たちは、びっくりして互いの顔を見かわした。そしてその瞬間、どこから、どう現われたのかは誰にもわからなかったが、二人の見知らぬ人間が、そこに立っていた。一人は白いマントをはおった老人。そしてその横に、一人の騎士がいた。鎧《よろい》の上にはおった長衣《コート》は燃えるように赤いので、騎士は、まるですっくと立ち上がった炎の穂先のように見える。しかし肩には盾がかかっておらず、また剣帯に吊った鞘《さや》も空っぽだ。

老人はアーサー王の方にむくと、こう言った。

「みなさまに平安がありますように」

「そして、客人よ、そなたにも」

と、アーサーが返す。しかしアーサーの目は深紅の長衣《コート》を着た騎士にくぎづけだ。

すると老人は、このように言葉をつぐのだった。

「王さま、こちら、御前にお連れいたしましたのは、ペレス王の血筋に連なる騎士でございます。ということは、すなわち、アリマタヤのヨセフにも連なっております。ヨセフといえば〝聖杯〟をわが国に招来《しょうらい》されたお方——われらが主イエス・キリストさまがもちいられ、最後の晩餐の席に集まった弟子たちと葡萄酒《ワイン》をわかち合った、あの聖なる酒杯でございます。それ以来、生身の人間のあいだにこの不思議な聖杯が伝えられてきました。そして、数多くの奇跡が、そして悲しい出来事が生じてまいりました。またペレス王が負傷されて、傷が癒えもせず、国が荒れ果てているというのも、これのためでございます。しかし、いま、こうしたことすべてを終わらせるべき時がまいりました。そして、すべての出来事を成就させ、終局へと導くべき騎士がまいりました」

「もしそなたの言うとおりであるなら、歓迎この上もない」

するとと老人は、まるで従者のようなしぐさで騎士の鎧《よろい》を脱がせ、白い胴着の上に、燃え立つような深紅の長衣《コート》を、あらためてはおらせた。こうして兜《かぶと》が脱がされ、騎士の顔があらわになると、人々の目は、この若者からランスロットへ、そしてまた若者へと、行ったり来たりするのであった。老人は若者をまっすぐに案内して、〝危険な席〟へと連れていった。そうして背もたれからボールスのマントをとりのけた。するとふたたび黄金の文字が現われ出た。しかし、ボールスがマントをふせた時とは、文字が変わっていた。いまは《ここはガラハッドの席》という銘文が燦然《さんぜん》と輝いているのだった。

若い騎士は、どっしりと落ち着いた、重々しい物腰でその席に座った。そうして老人に目をむけると、こう言った。

「そなたは、課された役割を忠実に果たしてくれた。さあ、コルベニック城に帰るのだ。

祖父によろしく伝えていただきたい。それから、時がいたれば、わたしもかならず帰ると伝えるのだ」

老人は大きな扉の前までゆったりとした足どりで歩いてゆくと、それを開いて出ていった。誰一人として。席から腰を上げたり、追いかけようとする者はいない。

老人が姿を消すと、アーサー王と騎士たちはガラハッドを歓迎しようと、いっせいに立ち上がった。円卓の騎士団にあらたにくわわった者を歓迎するのは、いつものことであった。しかし、老人が述べた言葉によって、ガラハッドの到来を歓迎すべき理由が、ふつう以上にくわわった。

〝聖杯の守り手〟、〝漁人の王〟などとも呼ばれるペレス王のことは、誰一人として知らない者がなかった。ペレス王には、このほかにも、〝手負いの王〟という渾名《あだな》もあった。これは王がかつて膝にうけた傷が、いつまでも癒されないままになっているからである。そればかりか、この傷のために、ペレス王の国には旱魃《かんばつ》と不作がたえず、悲しい事件、奇妙な出来事の影が黒雲のようにおおいかぶさってきて、国そのものが悩み苦しんでいるという話も有名であった。ところが、いま、自分たちの真ん中にいるこの若い騎士の力で、このようなことすべてに終止符がうたれそうな気配となってきたのだ。一同が喜ばないわけがなかった。

しかし彼らが喜んだ理由は、このほかにもあった。騎士たち――とくに年配の騎士たち――は、キャメロットのもっとも輝かしい日々はすでに過去のものになってしまったのだと、もう長いこと感じていた。強きをくじき、正義を守る戦いはすでに終わり、数々の夢もすべて完結し、人生がおきまりの型にはまって流れてゆくことを、残念なことのように感じていた。円卓の騎士たちの心が、倦怠の雲におおわれてしまっていた。そんな時、過去の栄光ではなく、新しい何かが目の前に現われたのだ。何かがやってくる。喜びかもしれない。悲しみ、いやそれは死であるかもしれない。しかし、とにかく、新しい何かがやってくるのだ…

森の彼方に光があるというのか。だけど、その光を得るには、暗黒の森をぬけなければならない…とランスロットは思った。しかし、いったいなぜこんな考えが自分の心をよぎったのか、ランスロットにはわからなかった。

「もしもわたしが樹だったとして、春が来そうな気配がしたら――まだずっと遠くかもしれないが、春の歩みが感じられるようになってきたら、ひょっとしてこんなふうに感じるのではないだろうか」

パーシヴァルはこのように思った。そして、真剣な顔で禁断の席に座り、かくも落ち着きはらっている若者を、その大きな目でじっと見つめた。パーシヴァルは生まれながらに、誰かにつきしたがってゆくタイプの人間であった。だから、このような人間にとって、心服できる人物を見つけられることほど、幸せなことはなかった。

「あの若造、あんなところに座ってだいじょうぶかな。けがしなければよいが。まだ自分の能力を証明する機会すらあたえられていないではないか」

ボールスは心配そうな顔をしながら、横にいるランスロットにむかってささやいた。するとランスロットは、こう答えるのだった。

「見なかったのか？　あの若者の名前が、椅子の背もたれに記されているではないか。あの若者があそこに座ることを、神さまがお望みになっているのだ――そうとしか考えられないな」

第2章　雷鳴と陽《ひ》の光

食事が終わりに近づいたころ、アーサー王はいちばん新しい騎士にむかって、今朝、その騎士がやってくる前に目にした奇跡のことを話していた。
「その席がそなたのものなのだから、あの剣もそなたのものかもしれない。さあ、行こうではないか。試してみるのだ」
そこで、騎士たちはふたたび、けわしい坂になったキャメロットの城市《まち》の狭い通りを下っていった。家々の軒のあいだを燕《つばめ》が飛びかいながら、夏の空気を楽しんでいる。こうして騎士たちの一行は、またもや、川の土手までやってきた。

赤い大理石の岩はハンノキの露出した根っこのあいだに、なおも引っかかったままだ。そして、一風変わった美しい剣が岩にしっかりと突き立っている。

土手をおりていったところは浅瀬になっており、川の流れが樹の根っこをひたひたと洗っている。ガラハッドは足をぬらしながら、剣の柄《つか》に手をかけた。剣はするりと抜けた。まるでよく油を塗った鞘《さや》から抜いたかのようであった。

じっと見つめていた騎士たちは息をのんだ。そしてアーサー王が、こう言うのだった。

「まことに、これこそ奇跡そのものだ。わたしの数ある騎士の中でも、最高の二人が失敗したのだからな」

ガラハッドは自分の手の中の剣をじっと眺めながら、釣合《バランス》をたしかめている。

「これは、その方たちの冒険ではなく、わたしの冒険なのです」

このように述べるガラハッドには、傲《おご》るようなようすは微塵《みじん》もなく、かざらぬ事実を述べているというような淡々とした口調であった。腰につけていた空の鞘《さや》にするりと剣をしまうと、ガラハッドがさらに言った。

「わたしは、もはや、剣を持たぬ騎士ではなくなりました。あと必要なのは、盾だけです」

「盾も、きっと神さまがくだされよう。剣をくださったように」

とアーサー王がこたえた。

このときランスロットは、剣の柄《つか》に記されてあった言葉を思い出した。そしていつまでも世で最高の騎士でいられるわけがないと自分につぶやきながら、苦い敗北の味を、唾と一緒に呑《の》みくだした。ただし、このような言葉で自分を慰めることができたのは、そのすべてが真実というわけではなかろうと、思わないでもなかったからだ。

するとアーサー王がまた口を開いた。

「わが親《ちか》しき兄弟たちよ。わたしの心は悲しい思いにさいなまれている。まもなくわれらは散りぢりにならねばならぬ。こうしてみなが集うことは二度とあるまい、と。だから、今日のこの日が果てるまで、ここキャメロットの城市《まち》を見上げる草地で、馬上槍試合にうち興じようではないか。そして、立派な手柄を立てようではないか。われらの時代が過ぎ去ったおりに、老人たちが、冬の夜長のいろり話に孫にむかって語り聞かせ、子どもたちが目を輝かせて聞き、その子どもたちが、また、自分の孫にむかって語りつぐほどの、素晴らしい手柄を」

このようなしだいで試合場の設定が行なわれ、騎士たちは馬と武具一式を持ってくるよう、それぞれの家来に命じた。こうして、その日は一日中、陽《ひ》の光が残っているかぎり、キャメロット城下の平らな草原で馬上槍試合が行なわれたのであった。

ガラハッドがどんなお手なみを見せてくれるだろうか？　今日の馬上槍試合で、新米の騎士に人々の注目が集まったのは当然の話だ。その奇妙な生い立ちを考えれば、武器をふるうことなど学ばなかったとしても、不思議ではない。ところが、ガラハッドは存分に自分の力量を見せつけた。馬にのっても非のうちどころがなく、剣や槍をもたせても完璧であった。そんなわけで、日暮れまでにガラハッドと手合わせをした騎士たちの中で、落馬させられなかったのはランスロットとパーシヴァルだけであった。

川べりの草原に夕闇が濃くなってくると、試合は終了となり、騎士たちはキャメロットの城市《まち》の街路をのぼって、城へともどっていった。見物のためにおりてきた町の人々も、三々五々、騎士たちのあとについて家に帰っていった。こうしてもどってきた騎士たちは、宮殿に入っていった。もう夕食の時間になっていた。

ところが、その日の奇跡はまだ終わっていなかった。

騎士たちは鎧《よろい》を脱ぎ、ふたたび円卓の自分の席についた。そして松明《たいまつ》がともされ、麻のテーブルかけが広げられると、屋根が落ちようかというほどの、ものすごいかみなりが炸裂した。そしてかみなりにつづいて、強烈な光が大広間を剣の刃《やいば》のように刺しつらぬいた。その明るいことといったら、煌々《こうこう》と輝く松明《たいまつ》の光でさえ暗く感じられるほどで、昼間の太陽の七倍もの光線が、広間のすみずみまで照らしだしたのだ。そして円卓のまわりにいた者たちにとっては、自分の魂の中まで照らしだされたように感じられた。一同は荘厳な畏怖の感にうたれた。そして沈黙が大広間ぜんたいにゆきわたり、一同は身体を動かすことも、口を開くこともできなくなった。

こんなありさまで一同が座っていると、そこに、聖杯が入ってきた。しかしそれをささえる者の姿は、まったく見えない。

聖杯は大扉をくぐってきた。それは、目のこまやかな白の銀襴織りの布にくるまれていた。ミサの時に、聖体拝領の杯がそのようにくるまれて祭壇に置かれているさまは、誰もがおなじみのことであった。したがって、いま目のあたりにしているものが何であるか、その場の者にはすぐにわかった。それは空中に浮かんでいるように見えた。宙におどる太陽の光のように、明るく、軽やかだった。そしてそれが奥の方に進んでくると、大広間は無数の芳香で満たされた。まるで世界中の花や香料が、そこにぶちまけられたかのようであった。それは、大きなテーブルのまわりをゆっくりとめぐった。そうしてめぐりながら、それぞれの騎士の前で宙に浮かんだまま停止した。停止してすぎたあとには、その騎士の前にご馳走がならんでいた。かつて宮殿の厨房から供されたことのないほどの、みごとなご馳走であった。

　こうして円《まる》いテーブルを一周すると、現われた時とおなじく、まったくの沈黙の中で、それはふっと見えなくなった。
光線が徐々に暗くなってゆき、煙った靄《もや》につつまれながら、松明《たいまつ》がふたたび明るく燃えはじめた。そうして一同の上から、静寂の空気がとり去られた。

　まずアーサー王が口を開いた。

「わが親《ちか》しき兄弟たちよ。いまこそ、われらの心は、喜びに高揚すべきときだ。この聖霊降臨祭の祝宴に、主は、みずからの酒杯から恩寵をわれらにおわけくださったのだ。これが、主の、われらへのいつくしみの御《み》しるしでなくて、何であろう？　ガラハッドを連れてきた老人の話していた時が、いまこそ、到来したのだ」

この時、ガウェイン――円卓の騎士の中で、いつも一番に情熱の炎を燃え上がらせるガウェインが、椅子を蹴って立ち上がり、明日の朝、さっそく聖杯の探索に出発しよう、今日わずかにかいま見た神秘の全貌を、しかとこの目で見とどけるまでは帰ってくるつもりはないと、誓うのであった。そしてその時には、きっと、かの老人が予言したように、ペレス王の国を不毛の呪いから解きはなしてみせようというのだった。

これを聞くと、大広間にいた騎士はすべて立ち上がり、同じ誓いを立てるのであった。

しかしアーサー王は、顔を両手の中にうずめた。そうして涙が指のあいだから湧き出てきた。

「ガウェインよ、ガウェインよ。そなたは、わが心を悲しみでいっぱいにしてくれた。わたしは身に染みて感じている――われわれはいまから散りぢりばらばらになるのだ、どんな王も恵まれたことのない、心の通いあった最高の騎士たちを失わねばならぬのだ、と。そなたら騎士の華《はな》がいま去ってゆけば、その多くが二度と帰っては来ないことが、わたしにはすでにわかっているのだ」

こう言いながらも、かりにガウェインでなかったとしても、同じことをほかの誰かがかならず言いだしたはずだということが、アーサーにはよくわかっていた。これは、あらかじめ定められた運命なのだ。

「王さま。たとえ、われらのすべてがこの冒険で死ぬことになろうとも、これ以上に甘美で、名誉ある死がありましょうか？」

ランスロットは、アーサーを慰めるつもりだった。

しかし、アーサーの心は、慰められなかった。

さて、ガラハッドの到来、それから、ガラハッドが剣を石から抜いたという知らせは、王妃グウィネヴィアの部屋にもとどいた。そこで王妃は侍女たちをともなって城壁の上に出て、馬上槍試合のようすを遠くから見物した。新しい騎士が誰なのか、容易に想像できたので、グウィネヴィアは見てみたいと思った。しかし、じっと目をこらして見るだけの勇気はなかった。グウィネヴィアにはわかっていた——見えてしまうと、それは短剣のように自分の胸を刺すだろう、と。グウィネヴィアが部屋にもどり、夕食をとっていると、かみなりの轟音が響いてきた。そしてしばらくすると従者がやってきて、聖杯が現われたこと、ガウェインに続いて、すべての騎士が誓いを立てたという話を伝えた。

「ランスロットもですか?」

と、グウィネヴィアがきく。百合の花を刺繍している針が、グウィネヴィアの指に深々と刺さった。

「もちろんです。さもないと、ランスロットのお名前を返上しなければ」

と少年がこたえた。

赤い血の球がふくらんだかと思うと、見るみる、白い百合の花びらに深紅のしみが広がっていった。

つぎの朝になった。騎士たちは鎧《よろい》をまとい、城の大きな中庭を、従者たちが馬の手綱をもって、行きつもどりつ歩かせている。グウィネヴィアは一夜を泣きあかしたことを人に知られまいと、目を洗ってから、騎士たちの幸運を祈るために出ていった。しかし最後の瞬間になって、張りつめていた気持ちがくじけ、両手で顔をおおったかと思うと庭園に駆けもどり、涙をかくすために、葡萄《ぶどう》棚の下の、芝生を盛り上げた席に身をふせてしまった。

ランスロットはすっかり鎧《よろい》を着てしまい、いままさに馬にのろうとしていた時に、ぐるりと背を向けようとした瞬間のグウィネヴィアの顔が目にとまった。そこで馬を近くの従者にあずけて、早足で、静かにグウィネヴィアを追っていった。

その時、アーサーの目は別な方を見ていた。アーサーにとって、自分の妻と自分のいちばんの親友との関係に、気づかないでいることがむずかしいと感じられることが、ときどきあった。しかし、自分が知らないでいるかぎり、この地上で自分にとっていちばん親《ちか》しいこの二人の人間を傷つけないでいられるのだ。アーサーは心の奥底で、このようなことを自分の意識から完全に消してください、それを知らなければならないような立場には絶対に立たせないでくださいと、たえず神に祈りつづけているのであった。

ランスロットは狭い扉をくぐって、庭に入った。

ランスロットはグウィネヴィアを見おろした。そして絹の袖にそっと手を触れた。するとグウィネヴィアは、ランスロットをなじった。

「裏切られました。あなたは、わたしに死ねというのですね」

「ほかの騎士たちが冒険に出ると誓うのをよそに見ながら、わたしだけ残れというのですか？」

「ええ、その通りです。わたしの夫に仕えないで、見知らぬ土地に行くなど、とんでもないことですわ。そこからぶじ帰ってこれるかどうかは、神さましだいだなんて！」

「神さまがそのようにおぼしめされるなら、帰してくださるでしょう」

と、ランスロットは言った。しかしグウィネヴィアはまったく聞いていない。

「わたしは、もう、恐くて恐くて、気分が悪くなりそうです。わたしをほんとうに愛しているなら、あなたはわたしの許可なしで出てゆくことなどできないはずです」

「お妃さま、馬が中庭で足踏みしています。出てゆくことをお許しくださいますね」

グウィネヴィアは一瞬口をつぐんでから、また言葉をつづけた。

「ガラハッドを見ました。馬上槍試合から帰ってくるところでした。あなたにとても似ているのですね」

「美しい若者です」

「ええ、あなたもそうですわ。あなたも」

グウィネヴィアは泣きながら、笑いはじめた。そしてぐるりとふりむくと、ランスロットの風変わりな顔を両手のあいだにはさんだ。

「ガラハッドを産んだ方は、お気の毒ね。たしかに、その方はあなたの子をお産みになりました。でも、あなたを存分に楽しませてもらったのは、わたしの方ですからね」

「お妃さま、出かけることをお許しくださいますね」

こう言うランスロットの声は、妙にしわがれていた。

「お行きなさい。神さまがあなたをお守りくださいますように」

ランスロットは中庭にもどった。ランスロット以外の騎士たちはすべて馬にのり、出発の準備ができていた。ランスロットはほかの騎士たちとともに、アーサーに訣別の言葉を述べた。アーサーは忠誠を誓った王であるばかりか、もっとも親しい友人でもあった。したがって、辛い気持ちがランスロットの胸をえぐった。グウィネヴィアのことで罪の意識を感じているので、痛みはなおさらであった。

「神さまがお守りくださるように」

と王が祝福した。

するとこの言葉が合図となって、一同は馬にまたがって、出発していった。パーシヴァルは可能なかぎり、ガラハッドの背に接近しながらついて行く。

キャメロットの人々は、みな、去ってゆく騎士たちの姿をみて、涙を流すのであった。

ガラハッドは、コルベニック城で生まれ、幼少のころの何年かをそこで育ったばかりか、そもそもペレス王が祖父なのだから、聖杯がどこにあるのか、よく知っていた。ランスロットも知っていた。しかし、この二人にしても、それからこの朝アーサーの宮殿を後にしたどの騎士にもわかっていることではあったが、ただたんにコルベニック城に馬でのりつけ、城の門をたたいて、城の中で行なわれる奇跡を見せてほしいと頼んでも、これはまったく無益なことであった。聖杯の奇跡を求める者は、運命に身をゆだねなければならない。運命によってどこに導かれようと、喜んでそれを迎え入れなければならない。そうすれば、時がいたり、正しいふるまいを心がけているなら、どんな冒険、どんな旅に出ていようとも、最後には心から望む場所に導かれ、魂が希求するものを手に入れることができるはずであった。

したがって、川を渡った騎士たちは、そこでたもとをわかち、ひとりひとり別々に、樹々がもっとも密になって、細い小径《こみち》さえないような場所をえらんで、森の中にわけ入った。騎士たちが入ると、森の樹々はまたぴたりと閉じ合わさった。そして騎士たちなど最初からいなかったも同然に、ひっそりと静まるのであった。

第3章　モルドレイン王の盾

さて物語は、仲間たちとわかれたガラハッドの後を追ってゆく。ガラハッドは四日のあいだ、どんな冒険に出会うこともなく馬を進めた。しかし五日目の夕方、シトー修道会の修道院が目に入ってきた。おまけに、そこにつくと、円卓の騎士がさらに二人来ていた。その二人とはバグデマガス王と、庶子オウェインであった。三人はさもうれしそうにあいさつをかわした。その夕べ、修行僧たちとの食事が終わると、三人の騎士は僧院の果樹園にぶらりと出ていった。そして三人はりんごの樹の下に腰をおろすと、この数日間の出来事を、お互いに話しはじめるのだった。

「われら三人が、こうして同時に同じ場所に集まることができたのは、とてもうれしい偶然です」

ガラハッドが、礼儀上、このように話の口火をきった。

「いや、偶然ではないぞ。ある盾の噂に引き寄せられたのだ」

と、バグデマガス王がかえした。

「盾ですって?」

と、ガラハッドがききかえすと、オウェインが説明した。

「この修道院には強力な魔法のかかった盾があるという噂を聞いたのだ。この盾を壁からおろして首にかける者は、もしそれにふさわしい人物でなければ、三日のうちに命を失うか、ひどい傷を負うということだ。われらはそれがほんとうかどうか、確かめに来たのだ」

「明日の朝」

とバグデマガス王が、色褪《あ》せた最後のりんごの花にたかった、こげ茶色の蜜蜂をじっと見つめながら言った。

「わたしはその盾を肩にしょって、運だめしに出かけるのだ」

「もしあなたが失敗したら…」

とガラハッドは言いかけて、オウェインの方に身体をむけた。

「お願いです、わたしにつぎの番をください。わたしには、まだ、自分の盾がないのです」

そのように事が決まった。そして翌朝、ミサをすませると、バグデマガス王は修行僧の一人に、噂に聞いた盾がどこにあるのかとたずねた。

「あなたも、あの盾を持ってみようとおっしゃるのですね」

僧は悲しそうに言った。しかし、僧は三人を僧院の教会にある、背の高い祭壇の後ろへと案内した。すると、まさにそこの壁に、大きな盾が吊されてあった。白地に赤の十字が描かれている。まるで純白の処女雪の上に、鮮血がこぼれたようだ。

これを見てしまうと、オウェインの口からこんな言葉がもれるのだった。

「ガラハッドよ、もし、こちらの兄上が失敗したら、喜んでわたしの番をゆずりましょう。たしかに、これは、世に最高の騎士こそが持つ盾だ。それはまちがいない。わたしには、それを持とうなんて気にはなれない。それを持てるだけの勇気も美徳も、わたしにはない。それにわたしだって、自分の命がおしいのです」

しかしバグデマガス王は盾を壁からおろして、頭を革紐《かわひも》にくぐらせ、肩にしっかりとかけた。そうして馬をもてと叫びながら、勇んで出てゆくのだった。

この修道院に所属する若い従者が、バグデマガスのために、馬に鞍をつけて連れてきた。バグデマガスはすぐさま馬にとびのって、出かけていった。その後を、さきほどの従者が鈍重な駄馬にのってついてゆく。バグデマガス王の世話をするだけでなく、いざとなれば、盾を持ち帰るというだいじな役目がある。万が一にもそのような事態にならねばよいのだが……

ガラハッドとオウェインは果樹園にもどった。そして、りんごの樹の下に、また腰をおろした。二人とも一言も口をきかない。オウェインは、丹念に自分の兜《かぶと》を磨きはじめた。しかしガラハッドは立てた膝に両手をまわし、まっすぐ前をじっと見つめるのだった。まるではるか遠くを眺めているような、そんな眼差しであった。

二里《リーグ》以上も進んだであろうか。バグデマガス王は広い草原に出た。土地がなだらかに傾斜していて、おりていった先は柳の樹にふちどられた小川になっている。ここで、盾をめぐる冒険が、いきなりバグデマガス王にふりかかってきた。

流れぞいの柳の樹のあいだに、白の鎧《よろい》をまとった騎士が、馬の背に座っていた。バグデマガス王の来るのを待ちかまえていたのであろうか、王がやってくる方向にじっと頭をむけている。そして王が森からぬけると、その瞬間に、騎士は馬の脇腹に拍車を蹴りこみ、槍を水平にかまえて、広い野を轟然と駆けてきた。

王も拍車を蹴って、騎士へとむかった。二人が衝突した音は、広い谷のすみずみにまでこだました。しかし戦いはあっというまに終わった。バグデマガスの槍は白い騎士の盾にぶつかると、こなごなにくだけちった。これにたいして、相手の槍先は、バグデマガスの肩の下をとらえた。そして鎖かたびらの鉄の輪っかをつらぬいて、肉に深く突き立った。あおむけにのけぞったバグデマガスは、そのまま落馬してしまった。

するとを見知らぬ騎士も馬をおり、血のように真っ赤な十字が描かれた白い盾を、地面に倒れた王からとり上げた。

「愚かなまねをしたものだ。この盾を持つことを許されるのは、世で最高の騎士にかぎられるのだ」

騎士は手招きして、従者を呼んだ。

「この盾を持って、サー・ガラハッドのところにもどるのだ。だが、ガラハッドの手にわたしたら、ガラハッドを連れて、またここに帰ってこい。この盾はいまからガラハッドが持つことになる。だから、ガラハッドは、この盾の素性を正しく知っておかねばならぬのだ」

そこで、従者は盾を自分の鞍にひっかけた。そして倒れているバグデマガス王のところに行ってかつぎあげると、王の馬に腹ばいに載せた。そしてバグデマガスの身体が落ちないよう、みずからその後ろに座った。こうして自分の駄馬の手綱を引きながら、従者は、いま来たばかりの道をもどりはじめた。

二人が修道院につくと、ガラハッドとオウェイン、それから修道僧たちが見つけて、飛び出してきた。彼らはバグデマガス王を馬からおろし、客用の部屋にはこんでいった。そして修道院長のインファメアラ神父が湯、膏薬、目のつんだ麻布をもってきて、大きく開いた傷口の手当をするのだった。

治療が一段落すると、従者は駄馬の鞍にかけたままになっていた盾をとってきて、それをガラハッドにわたした。

「騎士さま、バグデマガス王に傷を負わせた騎士が、これをあなたさまにと。いまからはずっとお持ちになられるよう、申されました。その権利があるのは、あなたしかいないとのことです。それから、あなたを、自分のもとに連れて来るようにも申されました。その盾のことで、だいじなお話をしておきたいとのこと。いますぐに、おいでください。あちらの騎士が待っておられます」

そこでガラハッドの鎧《よろい》がはこばれてきた。オウェインとこの従者の手をかりながら、ガラハッドは鎧《よろい》をまとった。そうして、大きな盾を肩にかけた。オウェインは、自分も一緒に行きたいと言った。しかしガラハッドは、バグデマガス王のもとに残ってほしいと述べ、一人で出かけていった。ただし道案内として、従者も一緒であった。

二人は草原にたっした。柳の樹かげに、馬の背に座った白い騎士がいた。騎士も馬もじっと動かない。まるで時間を超越しているかのようだ。静かな夏の大気の上に描かれた、一幅《いっぷく》の絵のように見える。

騎士と騎士はねんごろにあいさつをかわした。そしてあいさつが終わると、ガラハッドが盾の物語を聞かせていただきたいと、願った。

「喜んでお話しいたしましょう。あなたがぜひ知っておかねばならない話なのです」

こうして騎士の話がはじまった。

「キリストの受難から四十二年がすぎたときのことです。キリストの遺骸を十字架から降ろして埋葬した、アリマタヤのヨセフがエルサレムを去りました。このときヨセフは聖杯をたずさえており、息子と、ヨセフを頼る大勢の人々も一緒でした。一同が旅に出たのは、そうするよう、神さまに命じられたからで、どこに行くというあてもありませんでした。そして彼らは各地に放浪したあげく、陽《ひ》の出る方角をめざしてどんどん進んでゆくと、サラスの城市《まち》にやってきました。そこは人の住むどんな町よりも東にありました。

さて、一行がサラスの城市《まち》についたところ、そこを治めるモルドレインという名の王が、国境をおかそうとする隣の国の王と、はげしく対立しておりました。そしてモルドレインは、戦さをはじめる決意を固めておりました。ところが、司祭であり、ほかの者よりも深く物事を見ることができるヨセフス――ヨセフの息子ですが――が、戦さは好ましくない結果となるだろうと、モルドレイン王にむかって言いました。それというのも、モルドレイン王はキリスト教を信仰しておらず、神のご助力をあおぐことができないからだ、というのです。ヨセフスは福音書に書かれていることを教えてやりました。それから真っ白の大きな盾を持ってこさせて、その表面に、血のように真っ赤な十字を描きました。そうして、さらに、上等の白絹の布で、それのおおいをこしらえさせました。それができあがると、ヨセフスはモルドレイン王にあたえて、こう言いました。

『これを持って戦さに出るのです。そしてもはや敗けが確実だと思われたときに、おおいをはずして、神に祈るのです。盾には、神ご自身の聖なる死をなぞらえた図が描かれてあります。ぶじに勝って帰り、神の神聖な教えを受け入れて信仰したいと、祈るのです』

モルドレイン王は言われたとおりにしました。そして戦さの正念場となり、敗北がもはや必至と思われたときに、盾のおおいをとりはらい、けんめいに神に祈りました。すると押し寄せてきた波が浜辺の砂の城を崩すように、敵はあっけなく崩れさりました。モルドレイン王は嬉々《きき》としてサラスに凱旋しました。そして洗礼を受けて、キリスト教の信者となったのでした。王はいつまでも信仰を守り、盾は、王がもっとも敬い、いとおしむ持ち物として、だいじにしました。

やがて、ふたたび神さまのご命令により、ヨセフとヨセフスがサラスの地をあとにすべき時がやってきました。そうして二人は、聖杯をブリテンに持ってきました。このことは、あなたもご存知のことでしょう。二人は、残酷で邪悪な王の手中におち、牢に放りこまれました。長い時間がかかって、そんな噂がようやくモルドレイン王のもとにとどくと、王は戦士を集め、ブリテン島をめざして船を進めました。そうして悪い王をやっつけ、ヨセフ、ヨセフス、さらに二人に従う人々をふたたび自由の身にしたのでした。

こうして、キリスト教がブリテンにやってきました。いちばん最初は《りんごの樹のアヴァロン》でした。そして、そこから、国全体に広まっていったのです。

モルドレイン王はヨセフスを愛する気持ちが深かったので、ヨセフスのために、ブリテンにずっととどまり、二度と自分の城市《まち》に帰ることはありませんでした。そしてやがて盾を下ろさねばならない時が来ると、ある僧院にそれをあずけました。それを、あなたがごらんになったというわけです。というのも、モルドレイン王には夢のお告げが下りました。この盾には魔法の力がこもっているから、モルドレイン王以降、それを持ってぶじでいられるのは、世に最高の騎士だけだというのです」

こうして話が終わると、白い騎士の姿は、とつぜん、かき消えてしまった。

白い騎士がいなくなると、しばし、二人は呆然として立ちつくした。が、やがて正気にかえると、修道院の少年はガラハッドの前に膝をつき、あなたは世にまたとない立派な騎士だ、ぜひ、そんなお方の従者になりたい、何としてもお伴させてほしいと必死に懇願しはじめた。

しかしガラハッドは、そんな少年を見おろしながらしばし悩んだものの、けっきょくこう言うのだった。

「もしも伴の者が必要になったら、そなたをこばまぬことを約束しよう」

「あなたのためなら、世で最高の従者となりましょう」

これにたいしてガラハッドは、

「だが、そなたにはもっとむずかしいことをお願いしよう」

「何なりとも」

「では、修道院にもどって、傷が癒えるまでバグデマガス王につきそうのだ。サー・オウェインを自由にして、冒険に出させてあげなければ」

こう言われると、従者の少年は頼むのをやめて、立ち上がった。そして、

「むずかしい方の仕事をいたしましょう」

とは言ったものの、喉《のど》の奥に言葉がつまってしまった。

こうして二人は別れた。

ガラハッドは、何日ものあいだ、それ以上冒険に出会うことなく、あてどなく森の中をさまよった。しかし、ある朝のこと、ゆったりと広く、何やら楽しげな渓谷に出た。この谷の真ん中を、一本の川が水面を光らせながら蛇行していた。そしてガラハッドの目の前には、城があった。高々と櫓《やぐら》のそびえる、立派な城だ。まるで白鳥のように、水面に映ったそれ自身の影の上に浮かんでいるように見えた。馬の背にまたがったまま、城を見やっていると、ぼろをまとった老人が通りかかって、ガラハッドにあいさつをした。ガラハッドはあいさつをかえし、城の名をたずねた。

「《乙女の城》と呼ばれておる」

「美しい名前だ」

「そうかもしれん。じゃが、この国に暗い影を投げかけておるのじゃ」

「それはどういうことだ」

「悪い慣行《ならわし》のせいじゃよ。通りかかった者をひどい目にあわせるのだ。あんたもこのあたりでひき返して、別の道を行った方がよいぞ」

「わたしは、自分が選んだ道を行く。ただし、通りかかるだけではすまんぞ」

ガラハッドはこう言うと手綱をぴしゃりと波うたせ、馬を進める。そして馬上で自分の武器を確かめるのだった。老人は首を左右にふりながら、近頃の若者は無鉄砲でいかんなどとつぶやきながら、よたよたと森の中に入っていった。

ガラハッドが城に近づくと、馬にのった従僕が出てきた。そして狂暴な目つきの馬を横ざまにとめ、道をふさぐとつっけんどんにきいた。

「城の主人たちの名代として聞く。何の用だ」

「この城の慣行《ならわし》を知りたいだけだ」

ガラハッドは、穏やかにこたえた。

「ここで待っていろ。いかにも、教えてやろう。後で泣きごとを言うでないぞ」

従僕は不敵な調子で言って、手綱を乱暴に引いた。馬はおどって鼻をならすと、ぐるりとまわって、城をめざして全速力で駆けていった。

ガラハッドはもうもうとほこりのまう道の真ん中で、馬の背に座ったまま待った。しばらくすると、鎧《よろい》兜《かぶと》に身をかため、立派な馬にのった七人の騎士が城から飛び出してきた。騎士たちは、ガラハッドにむかって声をそろえて叫んだ。

「騎士よ、覚悟せよ。そなたの質問への答えは――死だ」

こうして七人の騎士はそろって槍をかまえると、ガラハッドを目がけて一目散に駆けてきた。

ガラハッドは拍車をいれて、敵に向かった。そして先頭の騎士に一撃をみまうと、騎士はほとんど首が折れそうになった。つづいて六人の騎士の槍先がはげしい衝撃音とともに、ガラハッドの盾を打った。しかしガラハッドはまるで根を生やしたように鞍の上で不動だ。また盾には傷一つついていない。ただし、槍の圧力のせいで馬は尻もちをついてしまった。ガラハッドは自分の折れた槍を投げすてて、剣を抜いた。戦いが続いた。一対七の戦いだ。七人は簡単に勝てるだろうと思った。しかし、孤立無援の騎士は疲れるということを知らないようだった。また七人がいくら武器をふるっても、相手にかすり傷一つ負わせることができなかった。こうして戦いが続き、正午になった。七人の騎士はいずれもひどい負傷をこうむり、もはや剣を持った手が上がらないほどくたくたになった。とつぜん、冷たい恐怖が七人の心を襲った。そして七人はしっぽをまいて逃げてしまった。

ガラハッドは自分の疲れきった馬の背に座ったまま、敵が去ってゆくのをじっと見まもった。そして敵の姿が夕闇のとばりに隠れると、城の橋へと向かっていった。すると門のところに、司祭のような衣をまとった老人が立って、重々しい鍵の束をガラハッドにむかってさし出すのだった。

「騎士さま、この城はあなたのものです。あなたはみごとに勝ちとられたのです。また、中のものもすべて、あなたのものです。どうなされようと、あなたのご自由です」

ガラハッドは城の中に入っていった。

城壁の内側に一歩入ると、たいへんな数の乙女たちが、群れをなしてガラハッドをとりまいた。そして、籠《かご》に閉じ込められた小鳥さながらに羽ばたきながら、色とりどりの声で叫ぶのだった。

「騎士どの、よくぞいらっしゃいました。自由の身にしてくださる方を、長いことお待ちしていたのです」

ガラハッドの馬を引いてゆく乙女がいる。また別の乙女たちが、ガラハッドを奥の中庭へと導いた。そうして、まるで従者のように、ガラハッドの鎧《よろい》を脱ぐ手伝いをするのだった。ガラハッドが兜《かぶと》を脱ぐと、ほかの者にもまして、ひときわ長身で美しい乙女が扉から出てきた。手には、すばらしい彫刻をほどこし、金の帯をまいた、象牙の角笛を持っている。乙女はこの角笛をガラハッドにさし出しながら、こう言った。

「高貴なる騎士さま。これをお吹きください。この地の騎士たちを呼びよせるのです。いまはあなたがこの城の主《あるじ》なので、騎士たちはあなたから土地をいただくことになります。騎士たちがここに集まったら、古き慣習《ならわし》を二度と復活させぬことを、おのおのの剣の十字にかけて誓わせるのです」

ガラハッドは角笛を受けとり、それを両手にささげた。

「まず、それがどんな慣習《ならわし》なのか、教えてください。それからつぎに、なぜこんなに大勢の乙女がここに囚《とら》われているのかも」

するのと、老司祭が話をひきついだ。

「もう十年も前のことになりますが、あなたが今日やっつけた騎士たちがこのお城にやってきて、この地方一帯のご領主であられたライヌア公爵に宿をこいました。さて、公爵にはお二人の娘御がおられた。七人の騎士たちはこの娘たちを目にするや、とたんに、上の美しい娘を自分の嫁にほしいと、おのおの勝手に言いはじめたのです。そして騎士たちの間で猛烈な言い争いがはじまりました。この争いは騎士たちと公爵のあいだにおよび、公爵とその息子が殺されました。また娘たちは囚《とら》われの身となりました。騎士たちにはほかにさまざまの思惑があったので内輪もめをやめ、一致協力して城の宝物を奪いとると、この地方の戦える男という男をかり出して、まわりの隣国に戦さをしかけました。そして、ついには、すべてを屈伏させて、自分たちの家来にしてしまいました。すると公爵の上の娘が、騎士たちにむかってこう言いました。

『よろしいですか。嘘ではありませんよ。この城が一人の乙女のためにとられたように、ほかの乙女たちのために、ふたたび失われるでしょう。また、一人の騎士が七人の騎士を打ち負かすでしょう』

こんなことを言われて、七人の騎士たちは猛烈に怒りました。そして、この日以来、こんな娘の言葉に復讐し、それを誰にも実現させないために、騎士たちは城壁の下を通りかかる乙女という乙女を捕まえて、ここに閉じ込めたのです」

「で、公爵の娘たちは?」

とガラハッドはたずねて、象牙の角笛をくれた乙女をじっと見つめた。

「ええ。姉はもうずっと以前に亡くなりました。わたしはといえば、あの騎士たちが来たときにはまだほんの子どもだったのです」

これを聞くと、ガラハッドは角笛を唇につけて、息を吹き込んだ。招集の音《ね》は、森の上を十里《リーグ》翔《か》けて響きわたった。

やがて角笛にこたえて、あちらこちらから男たちが集まってきた。すべてがそろうと、ガラハッドは公爵の末の娘にむかってこう言うのだった。

「お姫さま。この城はわたしが征服したのですから、当然の権利として、わたしのもの。それをどうしようと、わたしの勝手です。だから、いま、この城をあなたにさし上げましょう」

そうしてガラハッドは集まった騎士たちに、娘への忠誠を誓わせた。また、おのおの剣の十字にかけて、古き慣習《ならわし》を二度と復活させないことを誓わせた。また囚《とら》われの乙女たちはすべてすぐに解放し、それぞれの家へぶじに帰らせることになった。

その夜ガラハッドは、いまや《乙女の城》という名を返上したこの城で食事をして、眠った。そして翌朝ミサをすませると、ふたたび路上の人となった。

ここで物語はガラハッドとしばらく別れて、ランスロットの話となる。

第４章　ランスロットの失敗

仲間から別れて幾日ものあいだ、ランスロットはただ一人で森をさまよった。そして、いまから何をすればよいのか、どちらに馬の首を向ければよいのか、神が教えてくれるのを、心を開きながらただひたすら待ちつづけた。しかしランスロットには、この森には時間も距離もないのではないかというふうに感じられてきた。何日も何日も陽《ひ》の沈む方角をめざして進んでも、ついには最初出発したところにまたもどってしまうのではなかろうか？　いっそのことまわりで森が動くがままにしておいて、どこかの樹の下にじっとしているのがよいのではあるまいか？　まるで夢の中の国のように……

そんなある朝のこと、斜面をおりてゆくと、川のほとりにやってきた。土手の上で、大きな戦馬《いくさうま》が草を喰《は》んでいた。この馬は知っているぞ！と、ランスロットは思った。馬のくつわははずされ、手綱も邪魔にならないよう、たばね上げてあった。そして一人の男が、ハンノキにもたれて座っていた。兜《かぶと》を脱ぎ、黄色の頭をがさがさの樹の皮にもたせかけている。パーシヴァルだ！　パーシヴァルはクロウタドリにむかって、口笛で、柔らかな声でろうろうと歌っている。そして鳥のほうも、パーシヴァルにむかってさえずりかえしている。まるで古い友人どうしのようだ。しかし、じっさいに、そうなのだ。パーシヴァルは毛皮や羽根をまとったあらゆる動物たちと、友だちなのだった。

ランスロットが森から出てくるのを見つけると、パーシヴァルは立ち上がった。鎧《よろい》を着ているので、ゆっくりとした動作だ。二人はあいさつをかわす。そしてランスロットが自分の馬を自由にして、もう一頭の横で草を喰《は》ませると、二人はハンノキの下に一緒に座った。そうしてパーシヴァルは、ガラハッドの姿を見たか、噂を聞いたかと、ランスロットにたずねた。

「見てもいないし、聞いてもいない」

とランスロットが答えると、パーシヴァルはため息をついた。

「そなたはガラハッドを探しているのか?」

「ああ。少しばかり一緒に旅をしたいと願ったが、愚かな願いだったようだ」

いま横にいる騎士は冒険を求めて、一人で暗い森を行くには若すぎると、ランスロットは思った。しかし、こんなことを思うのはばかげていた。パーシヴァルは槍をあつかうことにかけては、未熟どころではないことを証明してみせた。それにガラハッドより、少なくとも一歳は年上だ。どんなに暗い森であろうと、ガラハッドが冒険の旅に出るには若すぎるなどと、誰も思わなかったではないか。

「ガラハッドの消息がわかるまで、わたしではだめか?」

とランスロットは言った。ランスロットの声には、微笑みがまじっていた。また、もしもそれが歪んだ微笑みであったとしても、それは兜《かぶと》の翳《かげ》に隠されていた。

これに対して、パーシヴァルはこんな答えをかえすのだった。

「ガラハッドでなければ、そなた以外にともに旅したい人はいない」

こんなわけで、二人は一緒に旅を続けることになった。

幾日ものあいだ、二人はともに馬を進めた。そしてある日の夕方、地にはいつくばったような弱々しい樹が生えているだけの、岩だらけの暗い荒野にさしかかったところ、二人は血のように真っ赤な十字を描いた、大きな白い盾を持った騎士に出会った。このような紋章にはいままでお目にかかったことがなかったので、それが誰だか、二人にはわからなかった。しかし、これは、いうまでもなくサー・ガラハッド。乙女の城を悪い騎士どもの束縛から解放してきたばかりのところであった。

ランスロットは名を名のれと、大声で呼びかけた。しかしガラハッドは答えなかった。というのもガラハッドは自分の中《うち》にこもり、いわば、広大な心の荒野を一人さまよっているような状態にあった。これはガラハッドにとって、いっこうにめずらしいことではなかった。したがって、目の前の世界にもどって、こちらからあいさつし、出会った人たちからもあいさつをかえしてもらおうなどということは、まったく頭に浮かばなかったのだ。

というわけで、相手が返事もせず、目の前をそのまま横切ってゆこうとしたので、ランスロットは警告の言葉を発した。しかしそれでも、相手は立ちどまりもせず、はたまた返事もかえさない。業をにやしたランスロットは、

「槍で勝負だ」

と、最後の挑戦の言葉をたたきつけると、槍をかまえて、相手めがけてまっすぐに突進した。するとガラハッドはぐるりとふりかえり、馬の首をめぐらせて、攻撃を受けて立つ態勢になった。槍はガラハッドの盾にまともにあたり、こなごなに砕け散った。しかしガラハッドはというと、鞍の上でびくともしない。まるで岩のようだ。しかしこれと同時にガラハッドの槍は相手の盾の下をついたので、ランスロットは馬の尻の上をすべって、落馬してしまった。ただし、何ら負傷したわけではなかった。これを見たパーシヴァルは、見知らぬ騎士をめがけて轟然と馬を駆り、つっかかっていった。しかしガラハッドは馬をひょいとひねって相手の槍をかわすと、そのまま駆けぬけようとする騎士にむかって横ざまに槍を突きだした。相手は落馬し、ランスロットの横に、意識を失って、大の字にのびてしまった。

するとガラハッドは、またもや自分の心の中《うち》へともどってゆき、馬の首をかえすと、道をつづけた。

ガラハッドの姿が見えなくなり、そうとう時間がたってから、二人の落馬した騎士はようやく自分をとりもどし、馬をつかまえて、ふたたび鞍にまたがった。

パーシヴァルが口を開いた。

「いまからでは、とうてい追いつく見込みがない。それに、夕闇もせまってきたことだし、このまま、この岩だらけの荒野にいるのはまずい。さきほど通りすぎた隠者の庵《いおり》で一夜の宿を頼もうではないか」

じつのところ、パーシヴァルはさっきの傷がそうとう疼《うず》いていたのだ。

しかしランスロットの胸の疼《うず》きは、それどころではなかった。

いやしくも戦うことをはじめてから、ランスロットが敵によって落馬させられたのは、これがはじめてであった。それにくわえて、このときのランスロットは、ガラハッドの剣に記されていた言葉が頭に浮かんできて、せつない気持ちになっていたのだった。ランスロットにとって、自分の人生でたいせつなものは二つしかなかった。一つは王妃グウィネヴィアへの愛、それからもう一つは自分が世で最高の騎士であるという誇りであった。ただたんにいちばん強いというだけではない。もっともすぐれた騎士でなければならない。しかも人にそう言われるばかりでなく、自分でもそのことを確信できなければならないのだ。しかし、もはやいまではどちらもその通りだといえないのではあるまいか？　ランスロットの心は苦しい真実に、しだいに目覚めはじめていた。

パーシヴァルはこんなランスロットの心の痛みを感じとって、すばやくこう言った。暖かい声であった。

「あんなのまぐれさ。もちろんだとも」

ランスロットは頭を左右にふった。

「あんなにみごとに騎士が騎士を落馬させた例は見たことがない。だからこそ、わたしはあの騎士の後を追わねばならない。あの騎士が誰かを確かめて……」

「明日の朝まで待ってはどうだ。一緒にさがしにゆこう」

「いや。どうしても知らねばならない。確かめなければならぬのだ……」

と、ランスロットがなおも言い張ったので、

「それならば、神のご加護がありますように。わたしは、今夜はもうこれ以上の旅を遠慮しよう」

と、パーシヴァルは答えるのであった。

こうして二人はたもとをわかった。パーシヴァルは馬の首をめぐらせて隠者の庵《いおり》にむかった。これにたいしてランスロットは、純白の盾に深紅の十字の紋章がちらとでも見えないものかと、しだいに暮れゆく空のもと、岩や弱々しい樹々のあいだをおし進んでいった。

真っ暗になった。ランスロットは荒れたヒースの原の果てまでやってきた。そこで道が二手にわかれており、荒削りの石の十字架が立っていた。そして、そのすぐ後ろに、古い礼拝堂《チャペル》があった。

ランスロットは馬をおり、手綱を引きながら、礼拝堂《チャペル》へと歩いていった。目あての騎士がどちらの方向に行ったか、教えてくれる人が見つかるかもしれないと思ったからである。しかし敷地の横に生えているサンザシの古木の枝に手綱をぐるぐるとまきつけてから、ふりかえって建物をよく見ると、それはなかば崩れた廃虚にすぎず、扉の敷居の上にはイラクサがぼうぼうと生えていることがわかった。そしてポーチの屋根の下までくると、そこには錆《さ》びた鉄の格子があって、ランスロットの行く手をふさいだ。

しかし、廃虚とはいえ、この礼拝堂《チャペル》から人の気がすっかり消えているというわけではなかった。というのも、格子をとおして明るい光がランスロットにむかっておしよせてくるのだ。なかをのぞいたランスロットの目に、豪華な絹布でおおわれた、りっぱな祭壇が見えた。そして祭壇の前には、銀の燭台の六つの枝の上に、クロッカスの花をかたどって、蠟燭《ろうそく》が煌々《こうこう》と輝いている。しかし、この明るく照らされた聖域の内《なか》には、一人の人間の姿もなかった。動くものといえば、ただ、ヒースの原をわたってくる夜風ばかりであった。ランスロットの胸の中には、なかに入りたい、祭壇の前にひざまずきたいという切な気持ちが湧き上がってきた。しかし、どうしても入口が見つからない。なかに入る方法はまったくなかった。

　長い間ランスロットは格子の外にひざまずいていた。そのうち誰か来るだろうと心待ちにしていたのだが、誰もこない。待てど暮らせど何の変化もないので、しびれをきらせたランスロットは立ち上がり、踵《くびす》を返して、サンザシの枝から馬の手綱をほどき、馬を路傍の十字架のところまで引いていった。そうして馬の背から鞍をはずしてやると、自由に草を喰《は》ませるのであった。つぎにランスロットは自分の兜《かぶと》の紐《ひも》をといて地面の上におき、剣帯をはずすと、盾の上に頭をのせて寝ころがり、眠ってしまった。しかしそれは決してやすらかな眠りではなかった。つぎつぎといやな夢を見たかと思うと、はっと驚いて目が覚めるということの、くりかえしであった。そして追っても追ってもとどかない、白い盾の騎士の姿がたえず目の前にちらついているのだった。

こうしてランスロットが寝ていると、やがて、遅い月が上がりはじめた。そしてその淡い光に照らされた道の上を、ならんだ二頭のきゃしゃな馬、そして背にまたがせた輿《こし》のやってくるのが見えた。輿《こし》の上には、傷を負ってぐったりとした騎士がのっていて、苦痛にうめいている。先頭の馬にまたがって先導してゆく従者が、石の十字架のすぐ横に止まった。うんうんとうなっていた騎士の口から、急に、聞くもあわれな言葉がとびだしてきた。

「天にましますお優しい神さま、この苦しみはいつまでもやむことがないのでしょうか？　この痛みを和らげてくれる聖杯を、この目にすることはないのでしょうか？」

騎士は両手を前にさし出して、もだえ、訴えるかのように、こう言った。

こんな場面が目の前でくりひろげられているあいだ、ランスロットはぴくりとも動かずに、おし黙ったまま寝ていた。まるで眠っているかのようであった。とはいうものの、ことの一部始終を見てはいたのだ。やがて、誰にささえられるでもなく、銀の燭台が礼拝堂《チャペル》から出てきた。六本の蠟燭《ろうそく》が静かに澄んだ光をあたりに投げかけている。そうして石の十字架の方へと動いていった。この蠟燭《ろうそく》の後ろから、同じように宙に浮かびながら、鏡のような水面に落ちた樹の葉さながらに、軽やかに銀のテーブルが進んでくる。そしてテーブルの上に聖杯があった。聖杯は、なかばそれ自身の輝かしい光につつまれているので、まともに見つめることなどできなかった。しかし聖霊降臨祭の祝宴のさいに、アーサーの宮廷で見た、あの聖杯そのものであった。

今度は雷鳴も強烈な光もなかった。それどころか、あたりはしんと静まりかえっており、ただ、白い光がきらめいているばかりであった。

奇跡の聖杯が自分の方に近づいてくるのを見ると、負傷した騎士は寝がえりをうって輿《こし》からころげ落ち、落ちたその場所に横たわったまま、両手を聖杯の方へと差し出した。そうして叫ぶのだった。

「神よ、なんじのいつくしみ深い眼差しで、わたしをごらんください。そしてこの聖なる器の力によって、なにとぞわたしの傷を癒してください」

騎士は、じっと光の中心を見つめたまま、腕を必死に動かしながら、そちらの方に自分の身体を引きずっていった。そして、ついに、騎士の手が銀のテーブルに触った。するとその瞬間に、ものすごい震えが騎士の身体を通りぬけた。騎士はすすり泣きながら、勝ち誇ったような叫びをあげた。

「おお、神よ。わたしは癒されました」

そしてこの叫びとともに、騎士は深い眠りに落ちてしまったようであった。

こんな場面を目のあたりにしながら、ランスロットは、ずっと奇妙な半醒半睡の状態にあった。目は見、耳は聞くことができたが、心にはまったく何も感じることができなかった。聖杯が現われ、しばしそこにとどまって、そしてまた、すぐに、礼拝堂《チャペル》にもどっていったのだ。これこそ、この旅の目的である聖杯なのだということがわかっていた。ランスロットの心は畏怖《おそれ》と歓喜《よろこび》におどりあがってもよいところであった。ランスロットも畏敬の気持ちに満たされながら、目の前の騎士の横にひざまずいていても当然のはずだった。それにもかかわらず、ランスロットは依然として何も感じることができなかった。ランスロットの魂は、まるで、鉛にかわってしまったかのようであった。

聖杯が礼拝堂《チャペル》にもどり、それを追うようにして六枝の燭台が建物のなかに入ってしまうと、月の明かりだけとなった。そんな淡い光の中で、輿《こし》にのってきた騎士が目を覚ました。騎士は元気になった。さっきまで病みおとろえ、苦痛にうめいていたのが嘘のように、活力に満ちている。そのとき、不思議な光景を少し離れて見まもっていた従者が近づいてきて、たずねた。

「だんなさま、もうおよろしいのですか？」

「わたしは元気だ。元気どころか、力に満ちている。これもすべて神さまのおかげだ。しかし、さっきから案じていたのだが、あそこの十字架のもとで眠っている男はいったいどうしたのだろう。今夜、ここで演じられた奇跡の劇を、一度たりとも目を覚まして見ることがなかったではないか」

「どこかのならず者でしょうよ。きまってます。きっとひどい罪を犯したので、だんなさまのように、奇跡を味わうことを許されなかったのでしょう」

こう言うと従者は、輿《こし》の上にあった主人の鎧《よろい》をとってきて、着るのを助けた。しかし、おつぎは兜《かぶと》という段になって、従者は、横たわったままのランスロットのところまでやってきて、身体のわきにおいてあった兜《かぶと》と、名剣ジョワイユをさっととり上げ、おまけにランスロットの馬に鞍をつけて、主人のもとまでもどってくるのだった。

「こんなやつが持っていても、どうせまともなことには使われますまいて。こいつ、なんて立派な道具を持ってるんだ。不名誉なことをしでかした騎士には、そんなもの使う資格なんてないぞ」

そんなわけで、騎士はランスロットの馬にまたがった。そして従者がふたたび輿《こし》をのせた馬の手綱をとると、二人は立ち去っていった。

まもなくランスロットは身体を動かし、座る姿勢になった。まるで、深い眠りからたったいま目覚めたかのようであった。いまここで起きたことは現実だったのだろうか？　それとも夢を見ただけなのか？　ランスロットにはよくわからなかった。そこでランスロットは立ち上がり、礼拝堂《チャペル》までひき返した。依然として、入口には格子がはまっている。なかをのぞくと、蠟燭《ろうそく》の炎はあいかわらず輝いていたが、聖杯の姿は影もかたちもなかった。

ランスロットはしばらくそこに立っていた。何というあてもなく、ランスロットは待っていた。期待をいだきながら、ただ待っていた。すると、ついに、どこからか声が聞こえてきた。それは、ランスロット自身の心の中から響いてきたものかもしれなかった。

「ランスロットよ。石よりも硬く、木よりも苦く、無花果《いちじく》よりも不毛な男、ランスロットよ。この聖なる場所から消え失せろ。お前がいるだけで、ここは汚れる」

ランスロットはいきなり礼拝堂《チャペル》に背をむけると、路傍の十字架をめがけて、ころげんばかりに駆けはじめた。走りながら、ランスロットの目から涙がとめどもなくこぼれおちた。求めていたものを、見つけもしないうちに失ってしまったのだ。ランスロットは、自分の馬も剣も兜《かぶと》もなくなっていることに気づいた。そうか、やはり夢ではなかったか。すべてが事実――苦い真実そのものだったのだ。ランスロットはへなへなと十字架の根もとにしゃがみこんでしまった。悲しくて胸がはりさけそうだった。

ようやく夜が明けてきた。太陽が昇り、ひろびろとした野の上では、大きな空に雲雀《ひばり》の声が鳴りわたっている。いつもなら、ランスロットはこのような朝が大好きだった。しかしいまは、もはや自分にはどんな喜びもおとずれはしないのだと感じられるばかりだった。ランスロットは路傍の十字架も、礼拝堂《チャペル》も、そして広いヒースの原をもあとにして、ふたたび暗い森に入っていった。馬もなく、兜《かぶと》もなかった。そして腰のわきには、剣の鞘《さや》だけがむなしくぶらさがっている。

正午まではまだ少し間があろうかというころ、ランスロットは木造で草屋根の森の教会を見つけた。見れば、神父が一人きりで礼拝の準備をしている。ランスロットは教会に入り、ひざまずいて、ミサの祈りに耳をかたむけた。それが終わるとランスロットは、神の御名《みな》においてお願いいたします、なにとぞ助言をいただきたいと、神父にこいねがうのであった。

「どのような形をお望みかな？　罪の告白をしたいとおっしゃるのかな？」

「はい、そうしないではいられません」

「では、神の御名《みな》においてこちらへどうぞ」

神父はランスロットを祭壇まで連れていった。そこで二人はならんでひざまずいた。

まず神父が、ランスロットに名をたずねた。そしてこの悲しみにうちひしがれた、歪んだ顔の持ち主が、ほかでもない湖のサー・ランスロットだとわかると、神父はこのように言うのだった。

「おお、ランスロットさま、数あるアーサーの騎士たちの中でも第一のあなたさまについてわたしの聴きおよんでいる噂がすべて真実ならば、あなたは神さまに、たくさんのお返しをしなければなりません。そのような立派な人物に生んでくださったのですから」

「わたしはいままで恩知らずな男でした。そのことを、昨晩の出来事で神さまははっきりとお示しくださったのです」

「では、そのことをお話ください」

こうして、ランスロットは昨晩おきたことをすべて、つつみ隠すことなく話した。

ランスロットの話が終わると、神父はこのように言うのだった。

「これでよくわかりました。あなたの魂は、何か重大な罪の重みにあえいでいます。しかし神さまは前非を悔いて、つぐないをする者には救いの手をさしのべてくださいます。ですから、さあ、神さまにむかって罪の告白をするのです。わたしの力におよぶかぎりの援助、助言をさしあげましょう」

ランスロットは首をうなだれて、その場に黙ったままひざまずいていた。回数だけであれば、ランスロットはいままで誰にもまけないくらい罪の告白をしてきた。しかしすべてをさらけ出して罪の告白をしたことは、一度たりともなかった。グウィネヴィアと愛し合っているという事実は、自分だけの秘密ではないのだ。しかし、それこそが自分を神から遠ざけている元凶であることが、ランスロットもうすうす心の中で感じていた。それがいまは確信にかわった。そしてランスロットの心は二つに引き裂かれた。神父は罪をすべて話すよう、なおも強く迫ってくる。罪を告白し、きっぱりそれと縁を断つなら、かならずや神さまは迎え入れて下さろうと説くのだった。ついに、ランスロットの心の中で何かがぷつりと切れる音がした。そしてランスロットの口から、死の苦痛にとらわれた男のような声がしぼりだされた。

「二十年以上にわたって、わたしは王妃グウィネヴィアを愛してきました」

「それで、あなたは王妃の愛をかちとられたのですね?」

ランスロットはさらに低く首を垂れた。

「で、ご夫君のアーサーさまは?」

「二人は王国の利をはかるために結ばれたのです。王や王妃の結婚とはそんなものです。結婚されてから、王妃はとても親しい友人として、アーサーを愛するようになりました。わたしにとっても、アーサーはかけがえのない、最愛の友人です。アーサーに悪《あ》しかれなどと、わたしたちはこれっぽっちも願ったことがありません」

「ではあっても、あなたがたはお互いに愛し合うことによって、日々刻々、アーサーを害しているのです」

「わたしの罪は重い。わたしは頭のうえに、魂のうえに、罪の重みをずっしりと感じています。わたしは神から見放されています」

ランスロットの絶望的な言葉に、神父がこたえた。

「さあ、これで罪が告白されたわけです。あなたは神の赦《ゆる》しを願っているのですから、いま、神さまの御前《みまえ》で誓うのです。王妃とのおつき合いを断念すると。ほかの人がそばにいるのでなければ、決して、王妃のそばには近づいてはなりませんよ」

「誓います」

ランスロットは言った。まるで胸の中から、なにか生な、血のしたたるものをえぐり出すかのような声であった。

「またいまからは、心の奥の奥においてさえ、王妃と会いたいとか、そばにいたいなどと願ってはいけません」

神父は無情に言いわたした。斬首の斧のような無情な言葉が、すっぱりと落ちてきた。

「誓います」

ランスロットは答えた。しかし心の中ではこんな祈りをつぶやいていた。

「神さま、お力をください。誓うには誓いましたが、あなたのお力をかりないことには、守ることなどできません。この身に及ぶかぎりの力を出して、がんばります。それ以上のことは、不可能です。また、天にまします優しい神さま、わが愛するお方にも力をおあたえください。お慰めください」

こうしてランスロットは、はやくも、誓いを少し破ってしまったのだった。

神父はランスロットの罪の赦《ゆる》しを宣言し、祝福した。

二人は祭壇の前から立ち上がり、扉の方へとむかった。いまにも倒れて死んでしまいそうなランスロットの足どりを見て、神父は優しく言った。

「わたしの部屋はすぐそこです。一緒にまいりましょう。そこでしばらくお休みになってから、あなたがこれから何をなすべきか話そうではありませんか」

「ありがたきお言葉、痛みいります。休ませてくださろうとは、まさに渡りに舟です。わたしがつぎに何をなすべきか、それはすでにわかっております。剣と兜《かぶと》と馬を手に入れる手段を見つけねばなりません。聖杯を求める冒険に、ふたたびのり出さなければならないのです」

「それならご援助ができましょう。わたしには騎士になっている兄がおります。俗世の富には恵まれた男で、ここからさほど遠からぬところに住んでいます。ですから、これこれのものが欲しいと、わたしから使いを出せば、ご所望のものを喜んで提供してくれるでしょう」

「あなたにも、あなたの兄上にも、感謝申しあげます。ぜひとも、しばらく休ませていただきましょう」

ここで物語は湖のランスロットと別れて、パーシヴァルのもとにもどることになる。

第５章　パーシヴァル――王と悪魔

　ランスロットと別れたパーシヴァルはそのまま一人で馬を進め、隠者の庵《いおり》にもどった。庵《いおり》には女の隠者が住んでおり、その夜パーシヴァルを泊めてくれることになった。朝になると、二人は朝の祈りをともにした。それがすむと、隠者は黒パンに自分の飼っている蜂からとれた黄金の蜂蜜をたっぷりぬって、パーシヴァルに食べさせてくれた。こうして朝食をすませたパーシヴァルは、鎧《よろい》をつけて、ふたたび旅にでた。

　終日、パーシヴァルは岩だらけの荒れた土地、真っ黒になったヒースの曠野《あらの》、ひどい旱《かん》魃《ばつ》で萎《な》えはてた暗い森を進んでいった。そこはペレス王が治める〝荒れ地〟との国境《くにざかい》だった。まる一日馬を進めても、ただ一人の人間に会うこともなかった。しかし夕方近くになって、釣鐘《つりがね》の深い響きが聞こえてきた。暖かい青銅《ブロンズ》の響きであった。葡萄《ぶどう》の実がまとう白粉《おしろい》のような、渋みのある音色が、まるでさし招くように鬱蒼《うつそう》たる森の樹々のあいだから聞こえてきたのだ。パーシヴァルは、音のする方へと馬を進めた。今晩の宿が見つかるかもしれないという望みもあった。

何ほどもゆかぬうちに、大きな僧院があった。この僧院のぐるりは高い塀で囲まれていた。いかにも、外の世界を遮断しようとするかのようであった。しかしパーシヴァルが馬の背にまたがったまま門の前に立ち、元気な声で案内をこうと、修道僧たちが小走りに出てきて、大きな門をぎいとあけてくれ、客人にむかって歓迎の言葉を述べた。僧たちは馬をひきとって厩《うまや》につれてゆき、さらにパーシヴァルを美しい客間へと案内した。パーシヴァルはそこで夕食をごちそうになり、すぐに眠ってしまった。つぎにパーシヴァルの目が覚めると、もう朝になっていた。またもや釣鐘《つりがね》が鳴っている。朝の祈りの時間を告げているのだ。パーシヴァルは起き上がり、ミサにくわわろうと、早足で僧院の中の教会に駆けつけた。教会の中には、修道僧たちがすでに集まっていた。

堂内の中ほどに、鉄細工のついたてがあった。そして、そのむこう側ではミサをとりおこなう司祭が準備をしている。パーシヴァルはそっちに向かって進んでいった。当然、ついたてをぬけて、ほかの人々のところに行けるものと思っている。ところが、このついたてには入口というものがなかった。そこでパーシヴァルは外側にひざまずいて、むこう側を透かして見るのだった。司祭の後ろには寝台が見えた。寝台の上には豪華な絹のおおいがひろげられている。それはしみ一つない純白の布であった。寝台の上には、一人の人物がこのおおいをかぶって寝ていた。ただしそこは翳《かげ》になっていて、パーシヴァルにはその人物が男か女なのかもわからない。しかしそのとき、自分はただ目をみはって不思議がるためにここにいるのではないという考えが、突如として、パーシヴァルの頭に浮かんだ。そこでパーシヴァルは、ミサの祈りに耳をかたむけるのだった。

しかし聖体拝領の時となり、司祭が聖体のパンをとり上げると、寝台の上の人物はそこに起き直った。見れば、それは年老いた男だった。髪は絹のおおいと寸分たがうことのない純白、そして頭上には黄金の王冠をかぶっている。おおいがずり落ちると、老人の身体があらわになった。腰まではだかだった。そして身体といわず、顔といわず、腕といわず、いたるところ深い切傷、すり傷、打撲の痕などにおおわれている。人間を三人殺すことができようかというほどの、ひどい負傷であった。聖体のパンのほうに、老人は両手をのばした。手の平にさえ傷があった。

「このうえなくいつくしみ深い神父さま、われをお忘れになりたもうな」

老人はこう叫ぶと、手を前に突き出したままの姿勢で座りつづけた。やがてミサが終わり、司祭が聖体のパンを持ってきた。老人はそれをおしいただくようにして受けとると、ふたたび横たわり、白絹のおおいをかぶった。こうして、ふたたびもとの状態にもどった。

パーシヴァルの心は、同情の気持と好奇心とでいっぱいになった。そこで、ついたての影になっていた横の出口から出てきた修道僧たちの後についていった。そして回廊に出ると、いちばん親切そうな顔をしていると思った僧をわきに引いて、こうたずねるのだった。

「このようなことをおたずねしてぶしつけでなければ、どうかお教えください。あの傷だらけの老人はいったい誰なのです。黄金の冠をかぶって、祭壇のわきに寝ている、あの老人のことですが」

「喜んでお教えいたしましょう」

と、僧は答えた。僧はこの話を、いままで幾度となくくりかえしてきた。しかしなお話すたびに心が痛むと同時に、不思議の感に襲われるのだった。

「あちらのお方は、モルドレイン王なのですよ。聖地のはるかむこうにある、サラスの城市《まち》をかつて治めていらっしゃった王さまです……」

こうして僧はパーシヴァルにむかって、アリマタヤのヨセフのこと、その息子であるヨセフス、モルドレイン王のこと、そして血のように真っ赤な十字を描いた大きな純白の盾のことを話すのだった。そう、白い騎士がガラハッドに教えた、まさにあの話であった。しかし、さらに僧の話はさらに続いた。邪悪なブリテンの王の虜囚となったヨセフとその同胞たちを解きはなつ戦いが終わり、王の鎧《よろい》を脱がせると、モルドレイン王は人間を三人も殺すことができようかというほどの傷を全身に負っていたにもかかわらず、自分はまったく痛みを感じない、だいじょうぶだと述べるのだった。

「そのつぎの日、感謝の祈りをささげるため、聖杯の前にキリスト教徒たちが集まりました。モルドレイン王はキリスト教に改宗して以来、みずからも聖杯の神秘に浴したいものだ、この望みさえかなうなら、ほかのことはもうどうなってもよいとまで思いつめるほどでした。そのため、モルドレイン王はどんどん聖杯に近づいてゆきました。すると突如として、誰も口など開かないのに、声が響きわたりました。

『王よ、それ以上近づいてはいけない。そなたには許されていないのだ』

しかし王の思いはあまりに熱く、聖杯への祈りの儀式が行なわれているあいだに、なおもじわりじわりと聖杯の方へにじりよってゆきました。

すると、とつぜん、聖杯の輝きがモルドレイン王の全身をつつみこみました。王は気を失って、ばたりと地面に倒れました。つぎに王に意識がもどったときには、手足が萎《な》え、目はまるで見えなくなっておりました。

王は祈りました。

『いつくしみ深き主イエス・キリストさま、あなたがわたしにお禁じになったものを、わたしはむりに見ようとしました。ですから、このような罰を受けるのは、当然のむくいでしょう。わたしは喜んでしのびます。ですが、この願いだけはお聞きとどけください。どうか、アリマタヤの血をひく騎士――ついに聖杯の神秘に入りこむことに成功するはずの騎士が、わたしを自由にしてくれるまでは、わたしを死なせないでくださいませ』

するとこのような返事が聞こえてきました。

『王よ、主はそなたの祈りをお聞きになった。そなたの願いはかなえられたぞ。騎士ガラハッドがそなたのもとに来れば、そなたの目はふたたび見えるようになり、ガラハッドの姿をはっきりと見ることができよう。またそなたの傷も、それまでは口がふさがることがなかろうが、ガラハッドの到来とともに癒えるであろう。そしてそなたに自由がもどるであろう』

これを聞いたモルドレイン王は、自分の、純白の地に真っ赤な十字の紋章のついた盾を、ある修道院まで持っていって、そこであずかってもらうよう、命じました。騎士ガラハッドが騎士に叙された五日後にそれをとりに来るだろうという夢のお告げがあったからです。

こうして四百年ものあいだ、モルドレイン王はあなたがたったいまごらんになったような姿で横たわっておられるのです。ミサのときにいただく聖体のパンをのぞけば、どんな食物にも手を触れることがありません。このようにして、ご自分の盾を聖杯の騎士が持ってきて、自由にしてくれる日をただひたすら待っているのです」

「ずいぶん長くお待ちになったものですね」

パーシヴァルは畏怖の気持におそわれて言った。

「でも、待つのも、ほとんど終わりに近づいたようです。すでにある騎士が盾を持ち去ったという噂を聞きました。また、盾を持ったこの人物の姿が、森の中でも見られています」

パーシヴァルの頭の中に、二日前に自分とランスロットを落馬させた騎士の姿がありありと浮かんできた。そう、あの時、盾の上に描かれた血のような十字が、沈みかけた夕陽《ゆうひ》の水平の光に照らされて、いやが上にも紅《あか》く燃えていたのだった。だからその騎士というのが誰のことなのか、パーシヴァルにはすぐにわかった。そして、なぜもっと早く気がつかなかったのだろうと思うと、涙が出そうになった。

「もうすでに二日分の水をあけられてしまった」

とパーシヴァルは思った。そう思うと、パーシヴァルは一刻も早く出発したくて、いてもたってもいられない気分になった。そこで、ご一緒に朝食をという修道僧たちの誘いもそそくさとことわり、馬と鎧《よろい》の用意をたのむのだった。そうしてていねいながらも、大急ぎで礼を述べ、別れを告げると、馬にまたがって去っていった。朝が早いので、パーシヴァルの影が前方に長く伸びている。まるで、先を急いで引き紐《ひも》をぐいぐいとひっぱる猟犬のようであった。

正午になった。パーシヴァルが進んでいる道は下り坂となり、樹の鬱蒼《うっそう》としげった谷へと入っていった。まもなくパーシヴァルの目に、二十人ばかりの武装した男たちの姿がとびこんできた。

双方が接近して距離が縮まると、集団の先頭の男がパーシヴァルにむかって、名前と、仕える主君の名を言えと、大声で声をかけた。

「わたしの名はウェールズのパーシヴァル。アーサー王にお仕えしている」

これを聞くと、

「やっつけろ」

と、男たちが叫ぶ。叫びは、男から男へ波のように伝わっていった。そして男たちはひきちぎるように剣を鞘《さや》からはらうと、パーシヴァルにむかって猛然と馬を駆った。

パーシヴァルの剣が鞘《さや》からとび出した。パーシヴァルはさあこいとばかりに身がまえる。しかし、いかんせん、多勢に無勢であった。パーシヴァルがいかに武芸に秀でていようとも、どれほどみごとな剣の使い手であっても、歯がたたないのは当然のはなしだ。まず、パーシヴァルがまたがったまま、馬が殺された。ひらりと跳びおりたパーシヴァルに、四方八方から剣が打ちおろされ、パーシヴァルは膝をついてしまった。兜《かぶと》をつらぬき、鎖かたびらを裂いて、剣先が入ってきた。あと数回も肩であえいでいるうちに、パーシヴァルの人生はあえなく一巻の終わりとなっていたはずであった。ところが目の前が真っ暗になりかけたその瞬間に、まるでとつぜん目が覚めて、悪い夢が雲散霧消するように、パーシヴァルを囲んでわめき叫んでいた連中がくずおれ、ばたばたと倒れた。パーシヴァルは顔をあげた。そこには立派な馬の上に高々とそびえる騎士がいた。この騎士の剣さばきときたら、まるで夏の夜の稲妻のようであった。そして血色の十字を帯びた純白の盾が、目にまぶしかった。

敵の騎士たちはてんでんばらばらに駆け出した。ほの暗い森の樹々の下に逃げ込んで難を逃れようというのだ。パーシヴァルはしゃくり上げるように息を吸おうとする。へこみ、ゆがんだ兜《かぶと》の中で、頭はぐらりぐらりと揺れていた。パーシヴァルはもがきながら、ようやくのことに立ち上り、礼を言おうとして騎士の方に向きなおった。しかし、その瞬間、赤い十字の盾をもった騎士は馬に拍車をあてて、賊たちとはまったく正反対の方向に去ってしまった。自分の目的は果たしたから、もうここにいる理由はないとでもいわんばかりであった。

パーシヴァルは絶望にかられ、騎士の背にむかって叫んだ。

「騎士どの、なにとぞお願いです。ここに残って、わたしと話をしてください」

しかし騎士は何か聞こえたそぶりすら見せなかった。ただ一瞬、白と赤のきらめきが弱々しい樹々のあいだに見えたばかりで、つぎの瞬間には、暗い森の中にかき消えてしまった。馬の蹄《ひづめ》の音も小さく、小さくなり、やがて聞こえなくなった。どこかで、驚いたカケスがけたたましい声でわめいた。しかしその後は、完全な静寂となった。

パーシヴァルはその場に呆然と立っていた。信じられないほどの喜びがさめ、絶望へとかわった。頭の傷からしたたり落ちてきた血が眼にはいり、心臓は胸を破るかと思われるくらい、はげしく鼓動を打った。馬がないので、パーシヴァルは走りだした。心からほしいものを無我夢中で追いかけてゆく子どもさながらであった。

長いあいだ走った。やたらに樹にぶつかった。腐った古葉のつもった森の道のくぼみに足をとられて、何度もころんだ。パーシヴァルはすすり泣きながら走った。もうこれ以上走ってもむだだとわかってからも、ずっと走りつづけた。しかし、ついに、パーシヴァルはかくれた根っこにつまずいて、頭からつっぷしてしまった。そのとき頭の傷を思いっきり地面にぶつけたので、気がふうっと遠くなった。パーシヴァルはそのまじっと横たわっていた。そして自分をつつみ込んでいる森の沈黙に耳をかたむけた。元気なキツツキの嘲《あざけ》るような笑い声が、どこか樹々のあいだから聞こえてくるばかりだった。

パーシヴァルは頭からぼろぼろになった兜《かぶと》をひきむしった。そして剣と鞘《さや》を投げ捨てると、これまで経験したことのないほど激しく泣いた。こうして、見捨てられ、絶望し、頭が割れそうなほど痛んでいるパーシヴァルは、ついに、泣きながら眠ってしまった。

夜がしんしんとふけてきて、パーシヴァルの眼が覚めた。もつれあった樹々の枝の上に、月が高く昇り、寒々と、冷淡な光を投げ下ろしている。そして、一人の女がパーシヴァルの身体の上にかがみこんでいた。

「パーシヴァル」

柔らかな声だった。パーシヴァルの冷えきった心に、暖かいものが流れはじめた。

「パーシヴァル。あなた、こんなところで何をしているのです」

パーシヴァルは心が混乱し、みじめな気持ちに圧《お》しひしがれていたので、なぜ女が自分の名を知っているのだろう、とさえ思わなかった。暖かな声をかけてくれたのがうれしいばかりで、それだけで心はいっぱいになった。

「おお、わたしは何もしていないのです」

と言いながら、パーシヴァルは起き上がり、そろりそろりと立ち上がった。

「じつのところ、馬を失ってしまいました。でなければ、こんなところにいるはずがないのです」

「わたしの求めるときに、命令にしたがうとお約束してくださるならば、あなたのためにすてきな馬を見つけてさし上げられます。炎のような精気、美しさ、それから足の速さにかけては、よそのどんな馬にもひけをとりませんよ」

パーシヴァルの胸に、希望の炎がぱっと燃え上がった。

「これでも、わたしは騎士です。それもアーサー王の宮廷の騎士です。ですから、わたしの助力を必要とするなら、どんな女性にも忠実にお仕えすることをすでに誓っております」

「では、ここでお待ちください。すぐに、またもどってまいりますわ」

こう言うと、女は忽然《こつぜん》と姿を消した。

女の立ち去ってゆく姿が見えないのはやや奇妙だと、パーシヴァルは思った。しかし樹の下はとても暗かった。そして深く考える暇《いとま》もなく、女がもどってきた。

女は大きな戦馬《いくさうま》を引いてきた。その誇らしげなたてがみから、大きく円を描いてなびく尻尾の毛にいたるまで、罪そのもののように、真っ黒であった。丸い蹄《ひづめ》が森の地面を踏みしめるさまは、まるで、その下の大地をさげすむかのようだ。またこの馬の眼《まなこ》に燃える炎の激しさときたら、ほかのどんなに精気あふれる馬にも、パーシヴァルは見たことがなかった。というのも物心ついた時分から、パーシヴァルにとって、馬も犬もすべて友だちであり、こうした動物ならどんなに獰猛なものでも、恐いと感じることなどいままではなかったのだ。

しかし、いま、この馬を目にしたとたん、何かがパーシヴァルの心を刺しつらぬいた。これは恐怖だと、パーシヴァルは思った。しかし、じつは、それは心につきたった警告の矢だったのだ。そうはいっても、それは馬にはちがいなかった。それも俊足の立派な馬だ。そして、いま、すべてを投げうってもよい、何としても手に入れたいと思っているのが、まさに馬なのだった。そこでパーシヴァルは剣を鞘《さや》におさめ、ぼろぼろになった兜《かぶと》の緒をしめて、盾をつかむと、高い鞍に飛びのった。そして足をあぶみにがっしりとおさめると、いいようのない喜びがあふれてきた。

「さあ、お行きなさい。でも、お約束を忘れてはなりませんよ」

「忘れるものか」

とは言ったものの、いったい何を約束したのか、パーシヴァルには定かではなかった。

「姫よ、礼を言うぞ」

パーシヴァルは馬の横腹に拍車を蹴りこんだ。とたんに、巨大な馬がぴょんと前に飛び出す。パーシヴァルは尻の下に、誇らかで力強い馬の精気のうねりを感じるのであった。

この瞬間からはじまったすさまじい旅は、どんな生身の騎士も経験したことがないだろう。

パーシヴァルと馬は全速力で駆けだした。手あたりしだいに枝をおしのけながら、樹々のあいだをどんどん速く、速く進んでいった。上から低く垂れてくる枝が、パーシヴァルを鞍からはらい落とそうとする。馬がかつかつと大地を蹴ると、暗くぼやけた地面は飛ぶように後ろに流れていった。このめちゃくちゃな突進をいくらかでもおさえようとして、パーシヴァルは手綱を絞ろうとしたが、黒い馬は鼻を鳴らし、逆にはみを嚙《か》みかえすと、前に飛び出すのだった。こうしてやがて、これは地を走っているのではない、空を飛んでいるのだとパーシヴァルには感じられるまでになった。どこまでも、どこまでも――丘の上を、谷を上を飛んで行く。右を見ても左を見ても、夜がどんどん後ろの方へとすっとんでゆく。すでに、森がはるか後ろになった。パーシヴァルには、この真夜中の暴走によって、ふつうだったら何日もかかるような距離を移動したように思われた。後から後から湧いて出る馬の汗は泡立ち渦巻き、真っ黒な鼻づらから波しぶきのようにほとばしり、どんどん後ろに流れてゆく。そして両の耳をかすめて、びゅうびゅうと風の悲鳴が過ぎ去っていった。

とつぜん前方に、流れの速い大きな川が見えた。黒い馬は勝ち誇ったようないななきを上げると、まっすぐ川にむかっていった。パーシヴァルは死の瞬間がせまったと思った。そこで無我夢中で手を額のうえにおき、指で十字のしるしを作った。

その瞬間、それまで馬の姿をとっていた怪物は激しく身ぶるいし、背にのせていた騎士を鞍からふり落とした。そして吼《ほ》えたて、悲鳴をあげながら、流れの中に身をおどらした。すると周囲に水しぶきが上がるはずのところ、まばゆいばかりの火焔《かえん》がたちのぼった。まるで、川そのものが燃え上がったかのようであった。

パーシヴァルはふり落とされたその場に大の字に伸びたまま、神に感謝の祈りをささげた。神の力によって、パーシヴァルは永遠に地獄の業火にさらされる運命をまぬかれることができたのだ。

夜が明けた。まわりの景色が見えるようになると、先夜の川などあとかたもなかった。そればかりか、闇の中を暴走してきた平原すら、影もかたちもなかった。そこは四方八方を海にかこまれた、岩だらけの島だった。どちらの方向に目を凝らしても、海がはるか遠く広がって空の線に合わさるまで、陸地のかけらすら見えなかった。島には人間がかつて存在したような痕跡などどこにもなかった。人の住処《すみか》らしいものもなければ、耕した土地もない。しかしこの島に生き物がまったくいないかというと、決してそんなことはなかった。というのも、茶褐色の岩のあいだに目をやれば、縞《しま》や斑点の毛皮をおびた野獣がうろうろしているのだった。ライオン、豹、それに見たこともないような翼をもった蛇などであった。

「一難去ってまた一難。またもや恐ろしい危難にまきこまれてしまった」

パーシヴァルは剣の柄《つか》をまさぐった。するとその時、この島のちょうど真ん中に険しい岩山が天にむかって突き立っていることに気がついた。あの頂きにたどりつくことさえできれば、下は切り立った岩壁だから、野獣の攻撃から守られるかもしれない。こう思ったパーシヴァルは、痛む身体をはげましながら急げるだけ急いで、岩山の方へとむかった。

しかし登りはじめると、ものすごい咆哮《ほうこう》が響きわたり、巨大な翳《かげ》が陽光をさえぎった。パーシヴァルは顔を上にむけた。すると、大きな翼のある蛇が顎《あご》のあいだにライオンの仔《こ》をくわえ、獲物を巣に持ちかえろうとする大鷲さながらに、岩山の頂きをめざしているのであった。しかしライオンの仔《こ》はまだ生きており、さかんに恐怖の悲鳴をあげている。そしてパーシヴァルのすぐ後ろから、雌ライオンが駆けてきた。轟きわたるうなり声は、空気をつんざくかのようだ。ライオンは子どもを救いたいという一心で、翼をはやした怪物めがけて跳躍、宙に舞おうとするところであった。

パーシヴァルはとっさに駆けはじめていた。そして走りながら剣を抜く。しかしライオンはパーシヴァルを追い越して、先に頂きにたっした。パーシヴァルが追いつくと、すでに、ライオンと蛇はがっしりと組み合っていた。ライオンは怪物の喉《のど》に嚙《か》みついている。そして怪物はうろこの尻尾でライオンの胴を締めつけているのだった。パーシヴァルはぐるぐるまいた蛇の尻尾のあいだに飛び込んでいった。そして、きらり、目にもとまらぬ剣の一閃を怪物の頭上にみまった。怪物はパーシヴァルの方に頭をふりむけ、巨大な炎のかたまりをごうと吐き出した。パーシヴァルはさっと横にとび、すかさず、また突きを入れる。決死の戦いがいつまでもつづき、なかなか決着がつかなかった。しかしついにパーシヴァルの剣が、最初にあたったところに、ふたたびあたった。すでにうろこの皮が破れ、骨がくだけていたところに命中した剣の一撃は、細長く気味の悪い頭部をまっぷたつに割り裂いた。ぐるぐるに巻いていたとぐろが緩み、炎がしぼみ、怪物はこときれてパーシヴァルの足もとにくずれ落ちた。

パーシヴァルは剣を鞘《さや》にしまい、焼け焦げた盾を投げすてた。そして頭を風で冷やそうと、首から兜《かぶと》をひっこぬいた。ライオンは子どものぶじをたしかめると、パーシヴァルに近づいてきて、まるで犬のようにじゃれついてきた。そして誇らかな首を曲げてパーシヴァルの膝にこすりつけ、尾を大きく左右にふって、感謝と喜びの気持ちをあらわすのだった。そこでパーシヴァルも、ライオンの頭と肩を優しくなでてやった。

「このような場所でわたしが一人ぼっちになることを、神さまはお望みにならなかったのだ。そなたをわたしのもとに遣《つか》わしてくれたのだから」

ライオンは、その日ずっとパーシヴァルのもとにとどまった。そして夕闇がせまると、子どもの首の皮をくわえて急な斜面を、跳ね下りていった。どこやらパーシヴァルの知らない岩のあいだの棲処《すみか》にもどったのであろう。少年騎士のパーシヴァルはにわかにわびしい気持ちになった。ライオンにも見捨てられ、すっかり一人ぼっちになってしまったように感じられたのだ。しかし夕闇が深まり真っ暗になってしまう前に、さきほどのライオンが、子どもを安全な場所に寝かせ、食物をあたえてきたのであろう、あいかわらずの親しげなようすでもどってきて、パーシヴァルのわきに身を横たえた。パーシヴァルは腕をライオンの首のまわりにまわして、耳の後ろをなでてやった。まるでお気に入りの猟犬をかわいがるようであった。いっぽうライオンの方は、パーシヴァルに頭をこすりつけてきた。そこで最後にはパーシヴァルもライオンに身をもたせかけ、ライオンの横腹を枕にするのだった。誰かが一緒にいてくれてありがたいと感じることはこれまでもたびたびあったが、いまほどうれしいと感じたことはなかった。こうして幸せな気分になって、パーシヴァルは眠ってしまった。

朝になった。目が覚めると、ライオンの姿はなかった。しかしはるか海の上を見わたしたパーシヴァルの目に一隻の船の影がとびこんできた。何枚もの帆を黒い翼のように広げている。この島をめがけて、まっすぐ矢のようにむかってきた。

パーシヴァルの胸の中で希望の火が燃えあがった。船が来たからには救出をあてにしてよいはずではないか。パーシヴァルは兜《かぶと》と剣と盾をひっつかむと、浜辺にむかって、ほとんどころげんばかりのかっこうで岩のあいだを跳ねおりた。

こうして進みながらも、パーシヴァルは接近してくる船の上に視線をそそぎつづけた。

こんなに奇妙な船は見たことがなかった。というのもこの船は、天の風をすべて集めたかのように帆を満々にふくらませているばかりか、竜巻が船を先導するように海を切り裂き、船の両舷に大きな波を泡立たせているのだった。やがて船はもっと島に接近してきた。なんと、船首《へさき》から船尾《とも》にいたるまで立派な黒絹でおおわれていて、まるで天幕《テント》のようになっているではないか。帆に満ちていた風が落ち、船は速度をゆるめた。そして深い海からすっくと立ち上がっている岩に、鳥が下りるようにそっと接岸した。その同じ瞬間に、パーシヴァルも岸辺にやってきた。船の中ほどの、黒い布でおおわれた入口のところに、女が座っていた。いままで見たこともないほどの美女であった。唇は熟した芥子《けし》の実のように紅《あか》くつややかで、眼も髪も真夜中のように真っ黒であった。

このような暗黒をどこかで見たなという思いが、パーシヴァルの頭を、ほんの一瞬、よぎった。しかしそれがどこなのか、思い出すことはできない。乙女はパーシヴァルにむかって両手をさし出して、野生の森の蜂蜜のように甘い声でささやいた。

「騎士さま。このような島にどうしていらっしゃったのです？　ここはめったに人のおとずれぬところです。たまさかの風がわたしをはこんで来てくれたからよいものの、そうでもなければ、あなたはきっと餓死したか、野獣に食べられてしまっていたことでしょう」

「ここにどうして来たかというのですか？　話せば長い物語で、わたし自身もほとんどわけがわからない。だけど、わたしに何が起きようと、すべては神さまのご意向なのです」

乙女は何かをはらいのけようとするかのように両手をふって、すこし笑った。

「ならば、風がわたしをここにはこんで来てくれたというのも、神さまのご意向なのでしょう。ウェールズのパーシヴァルさま」

「わたしの名を知っているのか！」

パーシヴァルは驚いてきいた。

「ええ、知っておりますわ。あなたには思いもよらないほど、わたしはあなたのことを存じ上げております」

「そんなにわたしのことを知っているのなら、あなたのことも、少しは教えてくださらねば」

「ではお教えしましょう。わたしは、自分の治める国でいちばん偉い女だったはずなのです。だけど、無法にも追い出されてしまったのです」

これを聞いた瞬間、パーシヴァルの胸の中に憐《あわ》れみと怒りの感情がむらむらと湧きあがってきた。

「では、あなたは流謫《るたく》の身なのですね。あなたをそのようなひどい目にあわせたのはいったいどこのどいつです。さあ、教えてください」

「美貌ゆえにわたしを選び、王妃の位にすえた偉いお方、強い王さまです。ええ、わたしはとても美しかったのです。いまでこそ悲しみに打ちひしがれておりますが、かってはもっと、もっと美しかったのです。そして美しいがゆえに、おお、わたしは少しばかり増長してしまいました。そしてある日のこと、ごく軽い気持ちで愚かなことをわが君にむかって言ってしまったのです。ほんのささいなことなのですが、王さまはそれを悪くとりました。まるでわたしが大それた悪事をはたらいたかのように、わたしへの怒りをめらめらと燃え上がらせ、わたしに忠実だった数人の家来とともに、国から追放してしまったのです。でもこうして気まぐれな風のおかげで、あなたにお会いすることができました。あなたは勇敢で、名誉を重んじるお方です。どうかお願いです。わたしを不当にあつかった王を罰するのに、わたしのお手伝いをしてくださいませ。あなたにはわたしの願いをこばむことができないはずですわ。というのも、あなたは円卓の騎士です。ですから、アーサー王さまのご命令により誓いをお立てになりましたわね。悩みをかかえている女に助力をお願いされたら、救いの手を差しのべるのがあなたの義務のはずですわ」

「ええ、いかにもそのような誓いを立てました。でも、かりにそうでなくても、あなたのためなら、力のおよぶかぎりお助けいたしましょう」

この言葉をきくと、女はとてもしとやかに礼を述べた。女は船のデッキの上から、そしてパーシヴァルは船のすぐ横の岩の上にのって、しばらくのあいだ、話していた。

正午になった。強い陽《ひ》ざしが照りつけてきて、岩から陽炎《かげろう》が立ちのぼった。パーシヴァルは鎧《よろい》の中で身体がゆだってしまいそうに感じていた。しかし礼儀正しいパーシヴァルは、口が裂けてもそんなことを話そうとはしない。

しかしついに、女はふりかえって、船の中にいる誰かに声をかけた。すると二人の召使が黒い絹に紅《あか》い裏地のついた天幕《テント》をはこび出してきて、草の生えた小さな岸辺の空き地にそれをたてた。天蓋《てんがい》の裾や垂れ布がひたひたと揺れるさまは、まるでつややかな黒い花びらのようであった。また派手な小旗が天幕《テント》のそこかしこでひらめいていた。こうしてすべての準備がととのうとカーテンが巻き上がった。そして女はパーシヴァルに呼びかけた。

「さあ、おいでください。わたしとともに、影にお座りになっては？　むき出しの岩の上では、熱すぎますわ」

パーシヴァルはやってきた。そして、おおいの下の涼やかな影に座って人心地《ひとごこち》をついた。女は鎧《よろい》を脱ぐのに手をかし、ひどい傷がむきだしになるとおさえた悲鳴をあげながら、血を洗い流してくれた。パーシヴァルは柔らかいクッションの上に横になり、眠りこんでしまった。

目が覚めると、低いテーブルがパーシヴァルのすぐわきに組み立てられてあった。召使たちが船から食物をはこんでくる。よりすぐりの風味ゆたかな食物が、ボールや大皿にもられている。このボールや皿が、また、凝った模様をあしらった無上に美しいものだったので、とても人間の手によって作られたものだとは思えないほどであった。

「ご一緒にいかがですか」

こんな女のさそいに、パーシヴァルは座り直して感謝の言葉を述べ、食べはじめた。テーブルのいっぽうの側にパーシヴァルが座り、正面に女が座っている。二人の視線はたびたび出会った。やがて召使が葡萄酒《ワイン》をはこんできた。冷たいのでガラスの酒杯がくもっている。それは、パーシヴァルがいままで飲んだことのないような葡萄酒《ワイン》だった。そしていままで飲んだどんな葡萄酒《ワイン》ともちがって、ひどく頭にのぼる酒であった。そのため、ほどなく、パーシヴァルの目にはすべてが黄金の靄《もや》をかぶって見えるようになった。そして女は一瞬一瞬がすぎゆくほどに、いよいよ親切に、いよいよ美しく見えてきた。パーシヴァルはテーブルの上に手をのばして、女の手に触れた。こんなに柔らかい手には、いままで触れたことがなかった。女の指がパーシヴァルの指を優しくつつんだ。その瞬間のあまりの甘美さに、パーシヴァルの心臓は胸の奥でどくんと波うった。

「愛してください。もうずいぶん長いこと愛されていません。わたしはとても寂しいのです」

「あなたの忠実無比な崇拝者となりましょう」

もはや二人のあいだにテーブルはなかった。女がパーシヴァルの横にきて、ふかふかのクッションの上に座っていた。

しかし、もっと女を引きよせようと腕を女の身体にまわそうとした、まさにそのときに、パーシヴァルの視線はぐうぜん剣の柄《つか》に落ちた。剣はすぐわきに置いてあった。騎士の剣というのはすべてそういうものだが、パーシヴァルの剣も十字架の形をしていた。

その瞬間、黄金の靄《もや》は灰色にかわり、冷たい震えるような恐怖がパーシヴァルの全身をとらえた。パーシヴァルは死に物狂いになって、ふるえる手を額のあたりへともってゆき、十字をきった。それと同時に、すさまじいばかりの阿鼻叫喚《あびきようかん》の声が周囲から湧きあがった。パーシヴァルは不快きわまりない悪臭が喉《のど》につまって、息がとまりそうになった。天幕《テント》はぺしゃんこにつぶれ、破れた蝙蝠《こうもり》の翼のように散乱した。そうしてすべてが、ぐるぐると渦を巻きながら、しだいに消えていった。パーシヴァルは溺れかけた者のように叫ぶのだった。

「わが主キリストさま。お助け下さい。さもなくば、わたしは破滅です」

いつか知らぬまにパーシヴァルはしっかりと目を閉じていた。そしてふたたび目をあけると、自分が陽《ひ》に熱く焼けた岩の上に横たわっているのに気づいた。天蓋《テント》も、柔らかなクッションも、食物も、召使も——すべて影もかたちもなかった。しかし海の方に目をやると、黒い布でくるまれた船が岸辺を離れてゆくのが見えた。そして、女をはじめて見た船の入口のところに、やはり、あの女が立っていた。しかし、いまは、美しくもたおやかでもなかった。そしてパーシヴァルにむかって絶叫するのだった。

「パーシヴァル。よくも裏切ってくれたわね！」

船は沖へむかって矢のように遠ざかっていった。船尾《とも》が通りすぎた跡にはものすごい嵐が湧きおこり、船はいまにも沈没しそうに見えた。また海ぜんたいに炎が渦巻いて、船を呑《の》みこみそうに見えた。しかしそんな炎にも嵐にも追いつかれることなく、黒い船はどんな風よりも速く逃げていった。

パーシヴァルは、船と嵐がまったく見えなくなるまで、じっと見つめていた。そしてがっくりと膝をつくと、このうえもなく悲痛な涙を流した。そうして神にむかって救われたことを感謝し、赦《ゆる》しをこう祈りをささげるのであった。祈りおわると、また涙があふれ出した。恥ずかしく、みじめでもあり、もういっそのこと望みはすべて捨ててしまいたいという思いで心はいっぱいだった。

その夜を徹して、パーシヴァルは岩の海岸ですごした。島の野獣がやってきて嚙《か》まれようが、裂かれようが、どうでもかまわないという気持ちであった。しかしパーシヴァルに近づいてくるものはなかった。また、例の雌のライオンもなぐさめに来てはくれなかった。もはや自分はあのライオンにも見下《みくだ》されたのだと、パーシヴァルは思った。こんなに長く暗い夜を経験するのは、生まれてはじめてのことだった。

しかし、ついに夜明けがやってきた。そして夜明けとともに、また船が島に接岸してくるのが見えた。昨日とはまったく違った船であった。純白の銀襴織りの帆を輝かせながら、とがった岩のあいだをすべるように入ってきた。まるで鏡のような水面をゆく白鳥のようだ。パーシヴァルは立ち上がって、近くに行ってみたが、人の気配はまったくなかった。しかしパーシヴァルが不思議の思いに目を丸くして見つめていると、どこからともなく声が聞こえてきた。

「パーシヴァルよ、さあ、この船にのるのだ。そして冒険の導いてくれるがままについてゆくのだ。何も恐れるな。どこに行こうと、そなたには神がついている。そなたは絶望の淵をのぞきこんだ。しかしそこで踏みとどまったのだ。だから、いつの日かかならず、そなたがともにありたいと願っているガラハッドに会えるだろう。また、ボールスにも再会するだろう。そなたら三人は選ばれた者だ」

声は岸辺のそよ風の中に消えていった。パーシヴァルは武器を手に持って、そこで待っている船にのりこんだ。船は岸辺の岩を離れていった。風が帆を満たし、すみやかに船を沖へはこんでいった。

しかし、ここで物語はパーシヴァルと別れて、しばらくボールスの話となる。

第６章　ボールス、貴婦人のために戦う

円卓の仲間たちと別れて三日のあいだ。ボールスは、ただ一人、森の道を進んでいった。三日目の夕方になって、ぐるりを樹々に囲まれた草地に出た。この空間の中央には、沈み行く夕陽《ゆうひ》を背に、がんじょうなつくりの城が高々とそびえ立っていた。ボールスが円《まる》いアーチ天井になった門をたたいて、一夜の宿をもとめると、歓迎の言葉とともに招き入れられた。ボールスの馬は厩《うまや》へと引かれてゆき、ボールス自身は城の上の方にある広間に案内された。森の樹々のいただきを見晴らす西の窓から、輝く蜂蜜さながらの黄金の夕陽《ゆうひ》の光が洪水のように流れこんでくる。ここでボールスは、この城の奥方から歓迎のあいさ

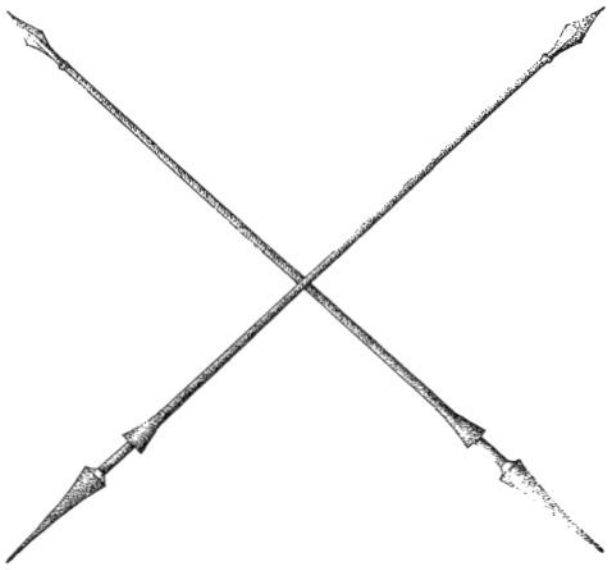

つをうけた。とても美しく、優しい女性に思えた。しかし着ているものはというと、樹の葉色の絹の長衣《ローブ》ではあったが、古ぼけて色褪《あ》せているばかりか、ところどころ接《つ》ぎがあたっている。

奥方はボールスにむかって、いまから夕食がはじまるので、自分のすぐそばに座るよう命じた。

食物がはこばれてきた。奥方の長衣《ローブ》のように、貧しい料理ばかりであった。ボールスは気の毒になってきた。ただし、ボールス自身にとっては、まったくどうでもよいことではあった。というのも、聖杯を求める冒険に出ているあいだは肉を食べず、葡萄酒《ワイン》を断つということを、ボールスは出発のときに誓っていたのだ。そんなわけで、ボールスは自分の前に置かれたパン以外のものには手を触れることがなく、食卓付きの従者にむかって一杯の水を求めた。これを見た奥方は、

「おお、騎士さま、食物が貧しく、お粗末なものであることは重々承知しておりますが、どうか、お見下《みさ》げにならないでくださいませ。これがわたくしどもにとって最高のおもてなしなのでございます」

と言うのだった。

するとボールスは、赤茶色の髪の根もとまで紅《あか》く染めながら、こうかえした。

「奥方さま、なにとぞお赦《ゆる》しください。わたしがパンと水しかとらないのは、お出しいただいた食物が豪華すぎ、葡萄酒《ワイン》が濃すぎるからです。わたしは、いまのこの冒険をつづけているかぎり、水とパン以外には手を触れないという誓いを立てたのです」

「で、その冒険とは？」

「聖杯を求めての冒険なのです」

「そのことなら、わたしも耳にしたことがあります。ということは、あなたはアーサー王の騎士――世にも最高の武人たち――のお一人なのですね」

奥方はもっと何か言おうとしたが、ちょうどそのとき、従者がいそぎ足で入ってきた。

「奥方さま、悪いお知らせでございます。こちら側のお城がさらにまた二つ、奥方さまの姉君によって落とされました。それから姉君からのお言伝《ことづ》てがございます。もしも明日の正午までに姉君のご夫君と戦える騎士が見つからなければ、奥方さまの土地をすべて奪ってしまうつもりである、とのことです」

これを聞いた奥方は顔に両手をおしあて、泣きくずれた。

しかしボールスが、

「奥方さま、お願いです。いったいどういうことなのか、お教えください」

と言うと、

「では、お話いたしましょう」

と、奥方は気をとりなおして、事情をくわしく話すのであった。

「この地方を治めている領主が、かつてわたしの姉を愛しました。この女の本性をまったく知ることなく、愛してしまったのです。そしてともに暮らしているあいだに、ご自分の権力を少しずつ姉にゆずってゆき、そうしてついに、姉が実質的に領地を治めるまでになりました。姉は暴君でした。領内の多くの人々の命を奪い、傷つけました。あるいは獄に閉じ込めました。領主は死の床についてはじめてこんな真実に目覚め、領民の苦難のことにも聞きおよんだので、姉を追い出して、ご自分の後継者にわたしをすえました。いままでの不正をいくらかでも正してほしいとの願いをこめてのことでした。ところがこの領主が亡くなると、姉はすかさず新しい夫をむかえました。それは〝黒い騎士プライアダン〟

と呼ばれる人物で、姉はこの男と組んで、わたしに戦さをしかけてきたのです」と、ここで、奥方は両手を広げてみせると、話をしめくくった。

「騎士さま、そのあとのことはあなたもすでにご存じでしょう」

「その〝黒い騎士プライアダン〟とはいったいどういう人物なのです?」

「この地方ではいちばんの荒武者です。残忍、酷薄《こくはく》な性格ゆえに、もっとも恐れられている人物です」

「では、姉君にお伝えください。明日の正午にあなたのために戦う騎士が見つかったと」

これを聞いた奥方はまた泣きはじめた。こんどは喜びの涙であった。

「明日は、あなたに神さまがお力ぞえをくださいますよう。あなたが今日いらっしゃったのも、きっと神さまのおぼしめしにちがいありません」

翌朝になった。ボールスは城の礼拝堂《チャペル》で行なわれたミサに参加すると、中庭に出ていった。奥方はまだ残っている自分の騎士を、すべてそこに呼びよせていた。今日の戦いの証人になってもらおうというわけである。ボールスが鎧《よろい》を着ようとすると、奥方は、その前にまず腹ごしらえをしてはどうかと、しきりに勧めた。しかしボールスは断わった。そして自分は空腹のまま戦いたい、戦いが終わってから食事をしたいと言うのだった。そこで従者たちが手伝って、ボールスは鎧《よろい》を身につけた。ボールスは馬にまたがり、門から出ていった。ボールスのわきには奥方が灰色のきゃしゃな馬にのって、一騎討の場所まで道案内をする。そして奥方の城の家来という家来が、厨房の下男にいたるまで、ぞろぞろとついてきた。

しばらく行くと、とある渓谷の上の方に、平らな草地があった。そこには大勢の群衆が集まっていた。草地の中央には、立派な縞《しま》模様の大天幕《テント》が張られてあった。樹々の投げかける長い影から、ボールスの一行が出てくると、天幕《テント》の影から、バラ色のダマスク織りの長衣《ローブ》を着た女が、堂々たる馬にのって姿を現わした。

「あれが姉ですわ。そしてその横に、ほら、夫のプライアダンがいます」

姉と妹は拍車を蹴って、草原の中央にむかった。大天幕《テント》の主《あるじ》の横には、大きな黒馬にのった巨体の騎士が、馬とおなじような、これまた真っ黒な鎧《よろい》をまとって進んでくる。そして城の主《あるじ》の横には、槍の釣合《バランス》をたしかめながら、ボールスが静々と馬を進めていた。

「姉上」

と、ボールスの側の女が口をきった。

「昨晩、使者をやってお伝えしましたが、わたしの権利を守るために戦ってくれるお方を見つけましたわ」

「権利ですって」

と、相手の女が叫ぶ。

「老いぼれた主人につけこんで、あんたがわたしの権利をだましとったのではありませんか。あんたの権利だなんて、とんでもない」

するとボールスはこう言うのだった。

「奥さま。わたしは、あなたの妹君から別な話をうかがっています。わたしは、そちらを信じます。ですから今日、わたしは妹君のために戦う所存です」

二人の武人は互いを見つめあった。どちらも兜《かぶと》の暗いすきまの奥に、相手の瞳《まなこ》が見えぬものかと、じっと目を凝らしている。

ついに黒衣の騎士プライアダンが言った。

「むだ話で時間をつぶすのはよそうではないか。おたがい話をするためにここまで来たのではなかろう」

この言葉が合図となって、見物人たちは後ろにさがった。草原の真ん中に、広い空間ができた。二人の騎士はそれぞれ相手とは逆の方へと馬を向かわせる。草地の端までくると、どちらも馬の首をめぐらせ、槍を水平にかまえると、敵にむかって一目散に駆けはじめた。スピードがどんどん増してゆく。駆け足から全速力にうつり、蹄《ひづめ》の下から土くれが派手に蹴りあげられた。こうしてついに、群れのボスを決めようと争う雄鹿のように、二人の騎士はがしんとぶつかりあった。どちらの槍も目標に命中し、こなごなに砕け折れてしまった。そしてどちらの騎士も、馬の尻の上をすべって、落馬した。

その瞬間、群衆の嵐の海のような怒号を耳に感じながら、ボールスは立ち上がった。黒い騎士も立ち上がった。

二人は剣を抜き、渾身の力をこめて相手に打ちかかった。激しい剣の応酬によって、どちらの盾もあっというまに、模様を描いたくず板のようになってしまった。また剣と剣ががしんとぶつかり合うと火花が舞いとび、刃《やいば》が鎖かたびらをつらぬいて横腹や肩にたっすると、真っ赤な血がほとばしり出た。二人の力量は互角といってよかった。したがって、勝利をもぎとりたければ、腕の力ばかりでなく、頭も使わなければならないと、ボールスは思った。そこでボールスは、わざと守勢にまわった。すると敵が勝負に決着をつけようとどんどん押してくる。こうして相手が力を使い果たすのを待ちながら、自分の方は力をたくわえておくのだ。

群衆は大きな声援をおくっている。そしてボールス側の奥方は、両手で顔をおおった。

ボールスは少し後退した。そして、さらにまた後退した。プライアダンはそれにつけこんで、どんどん押してくる。こうして、ついに、相手に疲れが見えはじめてきた。足のはこびがのろくなり、ふりおろす剣のねらいも甘い。ボールスは、ここぞとばかりに、押し返しはじめた。まるで新たな命が、ボールスのからだの中に潮《うしお》のようにみなぎってきたかのようであった。相手にむかって、雨あられとばかりに剣をふりおろす。あちらかと思えば、またこちらへと狙いをかえる。そのためプライアダンは、酔っぱらいの千鳥足のようにふらふらになった。そして最後には、踏みにじられた芝生の上にあおむけにころんでしまった。

ボールスはプライアダンの上に馬のりになった。そして相手の兜《かぶと》をひきむしってわきに投げ捨て、剣を大きくふり上げた。プライアダンの首をかき切って、そいつも兜《かぶと》のように投げ捨ててやろうというわけだ。

プライアダンの頭上で、刃《やいば》がきらりと大きな弧を描く。これが目に入ると、プライアダンは鎧《よろい》の中で急に身をちぢめ、はいつくばるような動作をした。そして甲高い、裏返った声で叫んだ。

「おお、命ばかりは！　そなたはわたしを殺せないぞ。わたしは命乞いをしているのだからな」

ボールスはなおも恐ろしい剣をふり上げたまま、相手を見下ろしている。

「おお、なんとかお願いだ。慈悲をかけてくれ。殺さないでくれ。もう二度とそなたが仕えている奥方に戦さをしかけないと誓う。そなたの求めることは何でも約束する。とにかく、殺さないでくれ」

浅ましい命乞いに吐き気を感じながら、ようやく、ボールスがふり上げた刃《やいば》をさげた。

「誓いを忘れるなよ。さあ、とっとと消え失せろ」

黒い騎士はあわてて四つんばいになり、そして立ち上がると、一目散に逃げはじめた。

まるでけんかに敗けた野良犬が、尻尾を巻いて逃げてゆくようであった。

姉の方は怒り狂って、金切り声をあげた。そして見物人にむかって自分の馬をむけた。人々はおし合いへし合いしながら道をあけて、女を通した。女はものすごい勢いで人々のあいだを駆け抜けて逃げていった。拍車でむごく蹴りつづけたので、馬の腹から、女の長衣《ローブ》におとらぬ真っ赤な血が滴り落ちた。

こうして、女とその夫であるプライアダンに従ってきた人々は、自分たちの上に立っていた者たちの下劣な本性を知ることができたので、妹のところにやってきて、忠誠を誓うのだった。そして大喜びしながら、城の奥方とその家来たちはひき返していった。こうして城の大広間にもどると、ボールスは席について、ついに食事をとった。ただし食事といっても、パンと水だけだ。また、奥方がみずから傷を洗って、手当してくれた。

このようにして一日か二日身体を休めると、ボールスはふたたび冒険の旅に出るのだった。

そして、ここで物語はボールスと別れて、ガウェインの話となる。

第７章　ガウェインが幻影《まぼろし》をみて、友人を殺す

聖杯探求の仲間とたもとをわかったオークニー国のサー・ガウェインは、聖霊降臨祭の日からマグダラの聖マリアの祝日［七月の下旬］にいたるまで、森の中をさまよったものの、記すにあたいするほどの冒険に出会うことはなかった。それはときたまガウェインが道中で出くわした仲間たちについても、まったく同じことであった。これはとても奇妙なことだと、ガウェインは思った。聖杯を求める旅では、これまでの経験とは比較にならないほどの、風変わりで、驚くべき冒険に出会うものと、ガウェインはかねてから予想していたからである。

そんなある日のこと、ガウェインはランスロットの弟である、《沼のエクトル》と行きあった。これは双方にとってうれしいことであった。というのも二人は古くからの友人であったからだ。二人は浮きうきした声で互いの名前を呼びあい、相手の肩をたたきあった。こうして出会いのあいさつがすむと、ガウェインは君の方はどんなようすかと、エクトルにたずねた。

「身体の方はすこぶる元気だ。だけどこんな森の道を行くのには、もうあきあきしてきた。まるで冒険がやって来ないではないか」

「君もそうか?」

と、ガウェインが叫ぶ。

「キャメロット城下の一別以来、冒険の名にあたいするものには、何一つお目にかかっていない。十人の騎士に、それぞれ別々の時に出会って、正々堂々と戦ってすべて殺したが、何も格別かわったことも、冒険らしいところもなかった」

このようなしだいで、それぞれが単独で行動しても冒険に出会うことができなかったので、ここはしばらく一緒に旅をしてみようということになった。それで運がかわるかもしれないというわけであった。

こうしてしばらく道を進んだところで、ガウェインは連れにむかって、そなたの兄のランスロットの噂は何か聞いているかとたずねた。

「いいや。まるでこの世からおさらばしたみたいに、とんと何も聞かないね。じつをいえば、わたしも気になっているのだ」

「で、ガラハッドは？　パーシヴァルは？　それからボールスはどうだ？」

「いや、みんなまったく何の噂もないのだ。あの四人ときたら、消息も、痕跡も残さずにすっかり消えてしまったみたいだな」

「どこにいようと、神さまがお導きくださるだろう」

ガウェインはこう言って慰めるのだった。

一週間のあいだ、二人はともに旅をつづけたが、なおも冒険に出会うことはなかった。七日目の夕方ちかくになって、二人は古びた礼拝堂《チャペル》に出くわした。それは見捨てられた建物で、なかば廃虚であった。二人は生きた人間の住んでいる場所を見つけたいと思っていた。その日は一日中、食事にありついていなかったからだ。しかし風が雨をはらみ、早々と日が暮れてきたので、どんなところであれ、ともかく雨露がしのげるだけでありがたかった。そこで二人は馬をおり、まず盾と槍を外壁にたてかけてから、馬が草を喰《は》めるよう、鞍をはずして自由にしてやった。二人は礼拝堂《チャペル》の中に入っていった。そうして剣帯をはずし、剣をわきに置くと、年代ものの祭壇の前にひざまずいて、夕べの祈りを唱えた。

祈りが終わると、二人は空腹ではあったが、ともかく眠ろうと思い、内陣の床に身を横たえた。

しかし眠ることはできない。空腹なばかりではなかった。外では雨と風の音がひどく騒がしかったからである。こうして二人がなかば目をあけて横になっていると、一つの手、そして炎のように真っ赤な金襴の袖にくるまれた腕が、礼拝堂《チャペル》の扉から入ってくるのが見えた。腕の持ち主であるべき人間の姿はない。ただ腕だけが宙に浮いているのだ。そして手の中には長い蠟燭《ろうそく》があった。また手首からは、実用本位でつくられた飾り気のない手綱が吊るされていた。古びた壁のすきまからは、外の風がひゅうひゅうとうなりをあげながら吹き込んでくるのに、蠟燭《ろうそく》はまるで月桂樹の葉のような姿でまっすぐに立ち、明るく澄んだ光を四方八方に投げかけているのだった。

幻影《まぼろし》はガウェインとエクトルのあいだをぬけて、祭壇の方へと移動していった。そして登場したときとまったく同じように、忽然《こつぜん》と消えてしまった。礼拝堂《チャペル》は漆黒《しっこく》の闇にとざされた。

そして、あの幻影《まぼろし》はどうなったのだろうと、二人が目を凝らして見つめていると、何者かの声が聞こえてきた。

「おお、信仰うすく、信念とぼしき者たちよ。いまそなたらが見た三つのものは、そなたらに欠けている三つのものだ。それゆえ、森の道をいくら放浪しても、聖杯の高貴な冒険に出会うことはできないであろう」

声がやんだ。

恐怖にうたれた二人の騎士は、まだ何か聞こえてくるのではあるまいかと耳をすましていたが、やがて、暗闇の中でお互いの方に顔をむけた。最初に口をきったのはガウェインの方だった。

「おい、いまのを見たか?」

するとエクトルもたずねかえす。

「おい、いまのを聞いたか?」

二人とも同じものを見、同じものを聞いたことはまちがいなかった。しかしどちらも、それがどういう意味なのか想像することすらできなかった。

そのため二人は、朝まぐまんじりともしないでその夜を過ごした。

朝になると嵐は去った。二人は馬に鞍をつけてのった。そうして、なんとかして隠者の庵《いおり》か修道院を見つけなければという思いにせきたてられながら、馬を進めた。叡智《えいち》ある徳の高いだれかに、先夜の光景の謎解きをしてもらわないことには気がすまない。

しかしそのような場所、そのような人物を見つけられないままに、二人は樹々のよく茂った、広い渓谷に出た。そしてやや離れたところに、全身を鎧《よろい》につつんだ一人の騎士の姿が目にはいった。ところが太陽はまだ低いうえにこの騎士の背後にあり、また昨夜の雨のせいですべてのものがまばゆいばかりに輝いていたせいで、盾は真っ黒にしか見えず、紋章を見きわめることができなかった。

騎士は二人の姿を見るなり、

「いざ勝負だ」

と挑戦の言葉を叫び、馬を二人の方にむけた。

「まず、わたしに組ませてくれ」

とエクトルが叫んだ。

しかしガウェインはすでに、挑戦者にむかってまっしぐらに駆けはじめていた。やがてぐわんという音とともに、騎士と騎士がぶつかり合った。ものすごい衝撃音に、鳥たちが森の樹々からはじかれたように飛び上がり、悲鳴をあげながら呼び合った。二人の騎士は、どちらも相手の槍によって尻が鞍から浮き上がってしまった。しかしガウェインの方は盾がへこんだだけですんだのにたいして、相手の騎士は身体を刺しつらぬかれた。そして落馬するさいに、槍の柄がぽきりと折れた。騎士は串ざしのまま、地面に横たわった。こんなひどい傷では動くこともできない。

男の心臓が二つ鼓動を打たぬさきに、ガウェインは立ち上がって剣を引き抜き、相手にむかって、そこに寝たまま殺されたくなければ、起き上がって勝負しろと叫んだ。

しかし相手はあえぎながら、こうかえすのだった。

「おお、ガウェインよ、そなたはすでにもうわたしを殺してしまったではないか」

そこでガウェインがエクトルの手を借りながら倒れた騎士の兜《かぶと》の緒をといて脱がせると、《庶子オウェイン》の、苦痛に歪んだ蒼白の顔があらわれた。

かつてオウェインとは、キャメロットでたびたび友人同士として槍をまじえたことのある間柄であった。

「そなたの盾を光らせて、紋章を見えなくさせたあの太陽が呪わしい。聖杯を求めるわたしの冒険は、これでおしまいだ。だから、ここの近くの修道院にわたしを連れていってくれ。聖《とうと》い方々のあいだで死んで、キリスト教の埋葬をうけたい」

「わたしの知るかぎり、このあたりには修道院はない」

と、ガウェインは答える。悲しみと嫌悪の気持ちで、言葉が喉《のど》につまりそうになった。

「いいや。わたしは修道院のそばを通ってきた。谷のずっと下の方だ。さあ、そなたの馬の上にわたしを載せてくれ。わたしがそこまで案内しよう」

ガウェインとエクトルは、オウェインのからだを鞍の上までかかえあげた。動かされたオウェインは、咳《せ》きこんで、ごぼごぼと血を吐いた。ガウェインが後ろにのって、オウェインが落ちないようささえてやった。そのあとに、オウェインの馬をしたがえて、エクトルがついてくる。こうして三人は悲しい足どりで、ゆっくりと進んでいった。やがて修道院につくと、僧たちがあたたかくむかえてくれた。そしてオウェインは客間の寝台にねかされた。

祈りがおわると、オウェインの永遠《とわ》の旅立ちの準備ができた。オウェインは最後の力をふりしぼって言った。

「いま、わたしは自分の希望したところにいます。宮廷に帰ったら、そこにいる円卓の騎士たちのみなさん——このたびの冒険から帰らない者も多いかもしれませんが——残っているみなさん——といっても、わたしからよろしくとお伝えいただきたい。そしてみなさんの祈り文句の中に、わたしの名をふくめてくださるようお願いしてください。さあ、槍の穂をわたしのからだから引き抜いてくれ。こんな痛みには、もうこれ以上耐えられない」

ガウェインは涙をぽろぽろとおとしながら、折れた槍の先をにぎった。そして友だちの肋骨のあいだから、力をこめて、それを一気に引き抜いた。オウェインは苦悶のうめきをあげたかと思うと、力がぬけてぐったりとなった。こうしてオウェインの身体から魂が飛び去った。

修道僧たちは上等の絹の布をもってきて、オウェインの遺骸をつつんだ。葬儀がとりおこなわれ、オウェインは修道院の中の教会に葬られた。

すべてが終わると、どちらも意気阻喪してはいたものの、ガウェインとエクトルは、そのまま、また旅をつづけようと思った。しかし、悲しい出来事のために、いままですっかり忘れていたが、最後の瞬間になって、ガウェインの頭に、見捨てられた礼拝堂《チャペル》で見た幻影《まぼろし》のことがふと蘇ってきた。そこでガウェインは、修道院長とお話しさせていただくことはできないだろうかとたずねた。そして馬を外の庭に待たせておきながら、二人は院長の部屋にゆき、自分たちが目と耳にした場面のことを修道院長に話し、それがどんな意味なのか教えてほしいと頼むのだった。

修道院長はたいそう高齢の老人だった。ガウェインが話しおえると、顎《あご》を胸にうずめながら、しばらくじっと動かなかった。二人は相手が居眠りをしているのだと思った。ガウェインがじれて足をずらせたので、かかとの拍車がかすかにがしゃりという音をたてた。すると、ようやくのことに、修道院長が顔をあげた。すると、いままで相手が眠っていたのではないことが、二人にもわかった。

「とても単純なことです。あなた方は、手と蠟燭《ろうそく》と手綱をごらんになりました。そして、それらはあなた方に欠けている三つのものだと、何者かの声が言ったというのですね。手は慈悲心を意味します。そして朱色の袖はあわれみ深い神の御心《みこころ》です。ですから、それをもっている者は、天におられるわれらが主の愛に満たされているのです。手綱は自制心を意味します。われらは手綱で馬を制します。そう、同じことです。われらはみずからを制しなければならないのです。それから、蠟燭《ろうそく》ですか？　蠟燭《ろうそく》は真理を意味します。ほかに何が考えられるでしょう？　もちろんキリストの真理ですよ。何者かの声が告げたように、こうした三つのものがあなたたちに欠けているならば、とうてい聖杯の冒険に成功することはないでしょう」

ガウェインは考えこんでしまった。そして、こう言うのだった。

「尊い神父さま、もしお言葉どおりなら、わたしたちがこれ以上この冒険をつづけるのは無益ということになりますね」

老人は頭をさげた。

「では、神父さまのお言葉を信じるならば、われわれはいますぐにも踵《くびす》を返して、キャメロットにもどった方がよいのですね」

と、エクトルが気落ちした声できいた。

「ぜひともそうなさるように。このまま旅をつづけても、なにも有益なことは果たせないでしょう。すでにおやりになったこと以上には」

老人はこう言いながら、壁にあいた小さな窓の方をさすようなしぐさをした。その窓からは教会の中が見おろすことができ、オウェインの真新しい墓が見えた。

しかしガウェインとエクトルはひき返さなかった。ともかく、まだそうする気にはなれなかった。というのも、ガウェインは頑固な男だった。他人に命じられたからといって、いったん出発した道をあっさりと捨てるような性格ではなかったのである。またエクトルも、友と別れて一人で帰ろうなどとは思ってもみなかったのだ。

ここで、物語はガウェインと別れて、ふたたびランスロットのもとにもどることになる。

第８章　ランスロットの苦業

　ランスロットは神父のもとで三日間すごした。三日目が終わろうとするころ、一人の従者が鹿毛《かげ》の駿馬《しゅんめ》にのって森から出てきた。この従者は、さらに、神父が自分の兄に依頼してくれた、兜《かぶと》と剣をたずさえていた。そこで翌朝になると、ランスロットは兜《かぶと》の緒をしめ、なじみのない剣を腰につって、神父の親切にくりかえし感謝しながら、二度とふたたび悪い行ないにおちいらないよう、わたしのために、お祈りくださいとねんごろに頼みながら、馬にまたがって路上の人となった。

　昼ごろになって、ランスロットは小さな礼拝堂《チャペル》に行きあたった。礼拝堂《チャペル》のすぐ横には隠

者の庵《いおり》があった。もっと近づいてゆくと、礼拝堂《チャペル》の前の芝生の上に、火で焼け焦げたような跡が見えた。そして修行僧の白い衣をまとった老人が礼拝堂《チャペル》の扉のところにひざまずいている。その前には男の死骸が横たわっていた。そして老人は悲痛な訴えを神にむかって叫んでいるのだった。

「神さま、あなたはどうしてこのようなことをお許しになるのでしょうか。この者は長年のあいだ魂の底からあなたにお仕えしてきました。なのに、どうしてこのような目にあわせるのでしょうか?」

ランスロットは馬をおりて、手綱を枝にひっかけた。そして老人に近づいてきて言った。

「あなたに神さまのご加護がありますよう。その方が亡くなったことで、ずいぶん心を痛めておられるようですね」

「死んだからというわけではないのです。むしろ、死に方が問題なのです。その人が着ている上等の柔らかな衣をごらんなさい。それから、横に脱ぎ捨ててある、その人自身の衣も」

老人の指さす方に目をむけると、ぞっとするほどごわごわの毛衣《けごろも》［修行僧が苦行のために地肌に直接着た、馬やラクダの毛を織り込んだシャツ］が、死んだ男の足の横にくしゃくしゃにまるめられてあった。それでもなお、ランスロットには何のことかわからなかった。

「この男は、青年のころは武人ではありましたが、わたしと同じ修道会に所属していました。わたしたちには、上等の麻布を身につけることは禁じられています。したがって、この男のこんな姿を見ると、最後の最後になって悪魔がのりうつって誘惑し、誓いを破らせたとしか思えません。ですから、これは神さまに迎えられるような死に方ではないのです。もはや魂が永遠に失われたとしか思えません」

ランスロットは、どんな言葉をかえして老人を慰めたものか、途方にくれた。

しかし悲しい沈黙をやぶって、別の声がこたえた。樹々の葉末を揺らすそよ風のように静かなひびきではあったが、ラッパの音《ね》のようにはっきりと澄んだ声であった。

「いいや。魂は失われてなどいない。魂は救われ、栄光の輝きをはなっているのだ」

後ろをふりかえってみても、ランスロットには誰の姿も見えなかった。しかし、あきらかに、老人には声の主がちゃんと見えているらしかった。というのも、老人は膝におとしていた目をあげると、まるでそこに高々と立っている人物を見上げるような顔をした。そして驚きと安心の表情が顔にひろがってきた。

「よいか、よく聴くのだ。この男がどんなふうに死んだのか教えよう。この男が高貴な家の生まれで、この地方になおもその一族の人々のいることは、そなたも知っているだろう。二日前のこと、ヴェイル伯爵がそのような一族の一人、アゴランという男に戦さをしかけた。そこで、ここに横たわっているこの男は、自分の一族の勢力が敵におとっており、なおかつ自分たちの方に道理のあることがわかっていたので、一度はうち捨てた剣をふたたび腰につけ、一族のために武人にもどったのだ。こうしてこの男の勇気と手柄によって、男の一族は勝利を手にいれた。この立派な人物は、しかし、ここの隠者の庵《いおり》に帰ってくると、そこに脱ぎ捨ててあった衣をふたたびまとい、本来の生活にもどった。

しかし伯爵の家来どもは、自分たちが敗北を喫したのが誰のせいなのか、よく知っていたので、この男のあとを追ってきた。そして男を外に呼び出すと、剣で切り刻もうとした。ところが男は僧衣と毛衣《けごろも》しか身につけていないのに、敵の刃《やいば》は衣の上をすべり、はねかえされた。世にも最高の鎧《よろい》をまとっているようなものだった。

これによって、襲撃者たちの怒りは火に油をそそいだようになった。そして男たちは、剣でできなかったことが、炎でできないものか試してみるのだと言いながら、樹の枝をあつめてきて火をつけた。男たちは老人の衣を剝《は》ぎとり、素裸にした。老人は何の抵抗もせず、こう言った。

『もしもわたしのこの世での時間がもはや完結したというのが、神さまのご意向であるならば、わたしは死ぬでしょう。ありがたいことです。しかし、たとえわたしが死んだとしても、それは神さまのご意思なのであって、炎の力ではありません。炎には、わたしのたった一本の髪の毛だって焦がす力はないのです。また着物にしても、焼け焦げの一つすらつかないのです。わたしの毛衣《けごろも》であろうと、わたしがいま世にも最高の麻布を着せられようと、まったく同じことなのです』

これを聞いて、男たちは『くだらねえ』と言いながら、げらげら笑った。そして一人の男が自分の上等のシャツを脱ぐと、老人を嘲《あざけ》りながらむりやりに着せた。そうして老人を火の上に放りなげたのだ。

それが昨日の朝のことだった。夜になって男たちがもどってくると、火が燃えつき、たったいま消えたばかりのようにみえた。老人はまるで寝台で眠っているかのように、静かに横たわっていた。たしかに、死んでいることはまちがいない。しかしまだ熱いほてりの残っている灰の中から引き出して見ると、老人のからだには火傷の痕《あと》の一つもなかった。また着せられていた上等のシャツも、いまそなたの目にうつっているように、いま織機《おりき》から下ろされてきたばかりのようにしみ一つなかった。

男たちは物凄《ものすご》い恐怖にかられ、老人をそのまま放りだして逃げた。そこに、そなたがやってきたのだ。さあ、そのようなわけだから、白い上等のシャツを着せたまま葬ってやるがよい。そのシャツは恥辱どころか、栄光の衣装《まとい》なのだ。また、かたく信仰を守りながらすごしてきた長い年月のあいだ、老人がまとってきた毛衣《けごろも》については、それを着るべき、つぎなる人物が待っている」

この言葉とともに、とつぜんの突風がおしよせてきた。そして揺さぶられた樹々の枝のあいだから、まぶしい太陽の光がちらちらと明滅した。やがてまたすべてが静かになると、もう声は聞こえなくなった。

老いた修行僧は、ふたたび足もとの友人の遺骸に視線をもどした。その目には喜びと安心の表情があふれていた。

老人はランスロットにたいして、ここに一緒に残って通夜をして、明日の朝、埋葬するのを手伝ってはいただけまいかと頼んだ。そこでランスロットは、老人のわきでずっとその日を過ごした。そのあいだに、ランスロットはまたもや自分の罪を告白した。これにたいして老いた修行僧は、親身な助言をしてくれるのだった。

翌日になった。男の遺骸が小さな祭壇の前に葬られた。すべてが終わり、ランスロットが鎧《よろい》を着て、立ち去ろうと準備していると、修行僧が呼びとめてこう言うのだった。

「サー・ランスロット、昨晩あなたの罪の告白をお聴きして、あなたの罪を赦《ゆる》し、祝福させていただきました。いま、あなたが旅をお続けになるまえに、苦行を課しましょう。あなた、いまからこの毛衣《けごろも》を肌にまといなさい。それからもう一つ。おはじめになったこたびの冒険が終わるまでは、肉を食べず、葡萄酒《ワイン》を断つのです。しかし、なによりもだいじなのは、毛衣《けごろも》をずっと着つづけることです。それさえまとっていれば、さらなる罪からあなたを遠ざけてくれるでしょう」

ランスロットは裸になった。そうしてたったいま埋葬したばかりの男の毛衣《けごろも》を手にとると、ごわごわの剛毛がちくちくと肌をさすのをものともせず、それを身につけた。そしてその上から上衣を着て、鎧《よろい》をまとった。こうして旅の装いがすっかりととのうと、ランスロットは修行僧に別れのあいさつをして馬にまたがり、去っていった。

その夜、ランスロットは森の祠《ほこら》に行きあたった。ここで、道は二手にわかれていた。ランスロットは盾を枕に、そこに身を横たえた。昨日からずっと眠っていないし、食事もとっていないので、ランスロットは疲れ果てていた。そのため、毛衣《けごろも》がちくちくと肌をさすのにもおかまいなく、ランスロットの目はふさがってしまった。しかしそれは不安な眠りであった。夢ばかり見て、しきりに目が覚めるのだった。したがって夜明けが近づいてきて、空がかすかに白みはじめると、ランスロットは喜んで起き上がって、ふたたび路上に馬を進めるのであった。

正午になった。ランスロットは、とある谷の中にいた。そこは、左右が樹々におおわれた崖になっており、周囲とは隔絶した小世界となっていた。そして若いシダのあいだでは、小鳥がにぎやかにさえずっていた。そのときランスロットの目に、聖杯の礼拝堂《チャペル》の前で自分から馬と兜《かぶと》と愛剣ジョワイユを奪った騎士がこちらにむかって進んでくる姿が映った。

むこうの騎士も、まったく同じときにランスロットを見つけたらしかった。剣をかまえろ、さもなくば命はないぞ！と威勢のよい叫び声とともに、馬――ランスロットの馬――の腹に拍車を蹴りこみ、猛然と突進してきた。これをむかえ撃つべく、ランスロットも馬に拍車をいれた。おう、そちらこそ覚悟せよと叫びかえすランスロットの声には、喜びと怒りがいりまじっていた。

相手の騎士の槍の穂先はランスロットの肩にあたった。それは鎖かたびらのすきまに突きとおったものの、皮膚を切り裂いたにすぎなかった。ランスロットは鞍の上で低く身をかがめ、すれ違いざま、渾身の力をこめて相手にむかって槍を突きたてた。相手の馬はどうと倒れ、乗り手の首はほとんど肩から離れんばかりになった。一瞬のむだもなく、ランスロットは馬の首をねじ曲げて、いま来た道をひき返しはじめた。しかし馬はすでに立ち上がろうともがいているものの、騎士の方はシダの茂みに投げ出されたまま、ぴくりとも動かない。勝負はこうしてあっけなくついてしまった。

ランスロットは馬からおりて、倒れた男の鞘《さや》から、名剣ジョワイユを引き抜いた。そうして昨日から腰にさしていた剣を、かわりにそこに残した。へこみだらけの兜《かぶと》は、もはやとりもどすだけの価値がなかった。ランスロットは自分がのってきた鹿毛《かげ》の馬を、樺《かば》の樹につないだ。騎士がわれにかえって、馬にのれるほど回復したら、見つけることができるだろう。そうしてランスロットはヒュウと口笛を吹いた。それにこたえて、ランスロットの馬が近づいてきた。この馬は、ランスロットにとって名剣ジョワイユと同じほどたいせつなものだった(だから、さっき馬が転倒するのを見るのはしのびない気持ちだった)。こうして自分の馬をとりもどしたランスロットは、冒険の旅をつづけた。

道をゆくほどに、ランスロットの心は軽くなり、熱い気持ちがわきおこってきた。また鎧《よろい》におされて毛衣《けごろも》がちくちくと肌をさすのだが、それすらランスロットにとっては鋭い喜びに感じられた。それというのも、こうして馬と剣をとりもどすことができたのは、とりもなおさず、神の御顔《みかお》がもはやかつてほどランスロットからそっぽを向いていないという証拠ではなかろうかと、思ったからだ。それならば、ランスロットの騎士としての膂力《りょりょく》、能力も、きっとかならずもどってくるだろう……

ランスロットは幾日も森の中をさまよい、《荒れ地》との国境《くにざかい》を放浪した。あるときは尊い修行者や森に住む人の住処《すみか》に宿をかり、またあるときには樹の下、路傍の十字架の下、あるいはぼうぼうと広いヒースの原に寝たこともあった。そんなおりには、冷たい夜風が骨の髄までしみとおるのであった。

夜眠っているあいだばかりか、昼間一人で馬の背に揺られながら、ランスロットは奇妙な夢をみた。眼と眼のあいだに星が輝いている男たち、ぴかぴか光る苦い果実、ライオンに変身する騎士たち、そして空をおおいつくそうかというほどの翼をもったライオンたち

…

ランスロットは、なおも、白地に紅《あか》い十字の盾を持った騎士の消息をもとめていた。この騎士は自分にとって何か特別な意味があるのだということを、ランスロットは知っていた。ランスロットは、これにくわえて、ガラハッドの消息をさがしてもいた。謎の騎士とガラハッドが同一人物だとは、ランスロットには思いもよらなかった。ランスロットはつねに心を大きくひらいて旅をつづけた。そうすることによって、聖杯を求める道筋にあってつぎに何をなすべきか、神の啓示をのがすことがかならずないよう、心がけたのであった。

ある日のこと。ランスロットは、森の中で、樹々がとりはらわれた大きな空間に行きあたった。その中央には、防御のかたそうなみごとな城が立っていた。ランスロットと城のあいだには、大きな草原がひろがっていた。そして草原の縁《へり》には、春の小さな野花のように色あざやかな天幕《テント》が、大小さまざまに、ずらりと並んでいる。縞《しま》模様のものも、市松模様のものもあった。色も、青と紫、緑、赤、黄色などじつにさまざまであった。どの天幕《テント》にも細長い旗がひらめき、金色の模様をきらきらと輝かせていた。そして草原の中央の部分では、大規模な馬上模擬戦がくりひろげられていた。

少なく見つもっても五百騎はいるなと、ランスロットは思った。その半分は鴉《からす》の羽のような、暗黒の夜のような、つやつやと輝く黒の鎧《よろい》をまとっていた。そして残りの半分は白の鎧《よろい》をよそおっていた。白鳥の翼のような、暗夜を切り裂く稲妻のような、誇りたかく鮮烈なまでの白だった。白の騎士たちは城側の陣、黒の騎士たちは森側の陣についていた。したがって馬の背にまたがったまま見つめているランスロットには、黒の騎士の背がむけられていた。

ランスロットが見ていると、鴉《からす》軍団の方が徐々に形勢不利になってゆくように思われた。黒の騎士たちはランスロットの方にむかって、徐々に後退しはじめた。ランスロットの槍をにぎった手がぴくりと動き、膝が馬の横腹をぎゅっとはさみこんだ。そして一瞬にして、ランスロットは黒の騎士の側についていた。強き者に押し込められた側につくのが、ランスロットのつねであったのだ。そしてつぎの瞬間には、自分が何をしているのかほとんど意識することもなく、ランスロットは拍車を蹴りこみ槍をかまえると、森のきわからとび出して、助太刀へとむかった。

ランスロットは攻めよってきた最初の騎士をものすごい力ではたいたので、相手は馬もろとも地に倒れふした。つぎの騎士は、兜《かぶと》のいただきを槍でとらえた。これは槍術の中でも至難のわざで、名人のみに許されるものであった。さらにランスロットは轟然と馬を進め、三人目の騎士を突いた時に槍を折ったが、それでも相手を落馬させた。そして剣を抜きはらうと、戦いの白熱している中心をめがけてつっかかっていった。そこで、ランスロットはめざましいばかりの武勇を披露した。いかなる模擬戦であろうと、かならずや勝利の栄冠をひっさらうことまちがいなしというほどの、きわめて巧みで、強力な剣さばきであった。しかし、どんなに力をふるっても、どんなに狙いを定めても、どんなに勇気をふりしぼっても、白の軍団を打ちまかすことができなかった。自分はそうとうな打撃を相手にあたえているはずだと、ランスロットは思った。しかし、いくら奮闘しても、わが剣はがんじょうな樹の幹をむなしくうちすえているのだろうか、ジョワイユはイグサをよりあわせてつくったひ弱な棒なのだろうかと思われるほど、効果が感じられなかった。敵軍は、黒の騎士たちをじわりじわりと後退させてゆく。そんな敵の圧力を、いかにしてもランスロットははねかえすことができなかった。

幾度も幾度もランスロットは敵に攻めかかり、敵の陣列に穴をあけようとした。しかし、いくら挑戦しても失敗におわった。こうしてついに、ランスロットは剣がもはや持ち上がらないほどに、疲れきってしまった。また傷一つついていないのに、身体全体から力がぬけた。ひどく負傷した人間から、命の血が流れ去ったようなものであった。

ついに白い騎士の一団がランスロットをとり囲んで、力づくでねじ伏せた。そうして森の方へと引きずっていった。いっぽう、強力な助っ人を失った鴉《からす》軍団はまたたくまに圧倒されて、潰走をはじめた。

森の中に入ると、ランスロットは死を覚悟した。むしろそれが本望であった。しかし相手の騎士たちは、ただランスロットを解放しただけであった。しかし、これほどの恥辱はなかった。

白い騎士の一人が言った。

「忘れるな。そなたが選んだのではなく、われらの力でそうなったのだが、そなたはいまからわれらの仲間だ。そのことを忘れてはならないぞ。さあ、行くがよい」

一人の騎士が剣を返してくれた。ランスロットは震える手で腰の鞘《さや》におさめた。ランスロットは鞍の上でぐったりと背をまるめ、首をがっくりと垂れながら、馬を進めるのであった。

いままで、こんなことが起きたことはなかった。いかに長くきびしい戦いであろうと、このように体から力が抜けて、剣が持ち上がらなくなるなどということはなかった。模擬戦で捕虜になったことなどもなかったし、捕虜になりながら、無造作に慈悲をかけられて解放されるなどということもなかった。いまだに残っているなけなしの誇りは、ランスロットの胸の中でどくどくと血を流していた。

「これでもうすべてを失った。愛も、騎士としての力も。それに、神の顔はまだわたしから背《そむ》けられたままなのだ」

その夜をランスロットは、人里を遠く去った、岩だらけの荒れた場所ですごした。そして真っ暗な夜中の時間を、少し眠って起きては、長々と祈るということを何度もくりかえしながら過ごした。朝になって、曙の光が空ぜんたいに広がり、鳥が歌いはじめると、ランスロットはもう一度祈った。祈っているうちに朝陽《あさひ》が昇ってきて、ランスロットの目がくらんだ。するとランスロットの心に、あらたな感覚が湧きあがってきた。それは希望ではなかった。希望というよりももっと落ち着いた気持ち、そう、一種の心の平和といってよかった。昨日おきたこと、それにいまから何がおきようとも、それはすべて神のご意思なのだという、あきらめにも似た感情だ。ひょっとしたら自分は聖杯の神秘に入ってゆくことが許されていないのかもしれない。しかしそれが神のご意思ならば受け入れるしかなかろう…

ランスロットは馬に鞍をつけて、ふたたび路上の人となった。

ランスロットと馬は谷にさしかかった。谷の両側には、真っ黒な岩が切り立っていて、真ん中を川がごうごうと流れていた。そして川の土手の上で、堂々たる戦馬《いくさうま》にのった騎士が待っていた。馬が真っ黒なら、騎士の鎧《よろい》も上から下まで黒ずくめであった。それがあまりに黒いので、かみなり雲のように白く光ってみえた。そして日光がさんさんとふりそそいでいる周囲のものにまで、暗黒のしみがにじんでいるように感じられるほどであった。

ランスロットの姿が見えると、騎士は拍車を蹴りこんで、猛然と駆けてきた。あまりにとっさのことで、よけることもできなければ、槍をみまうことすら不可能だった。黒い騎士が水平にかまえた槍はランスロットの馬の胸をとらえた。馬は悲鳴をあげて、おどり上がった。そうしてつぎの瞬間に、傷口から心臓の鮮血をほとばしらせながらどさりと倒れふした。黒い馬にのった黒い騎士は、足をゆるめもせずに走りつづける。そして数度呼吸をするまもあらばこそ、姿を消してしまった。

ランスロットは両手を地面につきながら、よろよろと立ち上がった。そして死んだ馬をじっと見おろした。いいようもない悲しみがランスロットの心にのしかかってきた。この馬とランスロットは長年の友だちで、数多くの冒険をともにしてきたからだ。しかしランスロットは、自分のために悲しむことはなかった。またもや勝負に敗けはしたものの、まったく頓着することがなかった。そんなことは、もう終わったのだ。これが神のご意思なのだとランスロットは思った。そして盾の紐《ひも》を鞍からはずすと、川の方へと歩きはじめた。

川のほとりまでくると、いかに幅が広く、深い川なのか、あらためてわかった。しかも流れがとても速かった。舟か翼でもないかぎり、とても渡れそうにない。谷をはさんでいる岩の絶壁をよじのぼるのはとても人間わざではないし、かといって、踵《くびす》をかえしてまた森に入ってゆくのでは、後もどりにすぎず、何の進歩もないではないか。進退に窮したランスロットは、兜《かぶと》と盾を地面においた。そして川岸の、苔《こけ》が生えた岩の翳《かげ》に身を横たえた。それというのも、夕方になり、陽《ひ》が急速にかげってきたからだ。こうなったら、もう、待つしかなかった。いずれ神がどう進めばよいか、教えてくれるだろう……

こうしてランスロットは、もう幾夜も経験しなかったほどの、深い、静かな眠りにおちていった。

そして、ここで物語はランスロットと別れて、ふたたびボールスのもとにもどることになる。

第９章　ボールスの決断

城の奥方のもとを去ってから、来る日も来る日もボールスは放浪をつづけた。そのあいだに夏もさかりとなり、蒼々《あおあお》と茂る葉で森の中が暗々《くらぐら》としてきた。

ある日の、熱くものうい真昼の時間に、ボールスは二本の道が交差している場所に行きあたった。ボールスははたと立ちどまり、どちらに進もうかと迷っていると、馬の蹄《ひづめ》の音が聞こえてきた。その方向に目をやると、二人のちんぴら騎士がけんめいに駆けてくるのが見えた。そしてこの二人にはさまれるようにして、ボールス自身の弟であるライオナルがいた。ライオナルは上半身を裸にされ、両手を身体の前で縛り合わされてあった。片方

の騎士が短くした手綱をもって、ライオナルの馬を引いている。そしてもう一人の騎士は、とげとげのイバラの枝を手にもって、道を進みながらも、とらわれの騎士をしたたかに打ちすえているのだった。

ボールスが救助のために飛び出そうとしたその瞬間に、かつかつかつと全速で駆けてくるまた別な馬の蹄《ひづめ》の音が、逆の方角から聞こえてきた。そしてそれとともに、女のかん高い悲鳴があがった。困りきったボールスがそちらに、一瞬、ちらりと目をむけると、森の中の草原を一人の騎士が猛然と駆けてくる姿がみえた。そして鞍の前の部分に、乙女が載せられていた。乙女は騎士の手綱をあやつる手によって抱きしめられながらも、はげしく抵抗し、悲鳴をあげているのだった。乙女の長い髪が、ほの青い絹の旗のように、騎士の肩のうえでおどっていた。

ボールスの姿を見かけると、乙女の悲鳴はさらに大きくなった。そして、馬が樹々のあいだに飛びこんでしまうまぎわに、懇願するように、ボールスにむけて腕をさし出した。このとき、ちんぴら騎士どもが近づいてきた。ひかれてゆく弟の顔が、ボールスに向けられる。その顔に、狂おしいほどの希望がうかんだ。騎士たちは道のなかばで方向を転じたので、弟の背がこちらにむけられた。首から腰にいたるまで真っ赤なミミズ脹《ば》れができている。そしてイバラの枝で鞭うたれるごとに血がにじみ出てくるのだった。

さあ、どちらを選ぶべきだろう？　いまこそ決断の時だった。それも一瞬のうちに決めなければならない。しかし決断することは、自分の中の何かが二つに引き裂かれることなのだと、ボールスには感じられた。

ボールスは、大急ぎで、天にむかって祈りをあげた。

「天にましますイエス・キリストさま、わたしが助けにもどれるまで、どうか弟をぶじにお守りくださ い」

祈りがすっかり終わらないうちに、ボールスは全速力で騎士と乙女のあとを追いはじめた。

まもなく二人の姿がふたたび見えてきた。ボールスはかれらの背にむかって叫んだ。

「騎士どの、乙女を馬から下ろすのだ。さもなくば、命はないぞ」

これを聞いて、騎士は立ちどまった。そして乙女を鞍から下ろした。しかしつぎの瞬間には盾をぐいとかまえ、剣を抜くと、野獣《けもの》のような憤怒のうなりをあげながら、ボールスをめがけてまっすぐに突進してきた。だが、ボールスには心がまえができていた。むかってきた刃《やいば》をはねあげると、槍の穂先を相手の盾の下にさしこみ、胸の下に突きたてた。槍は鎖かたびらを粉砕し、その下の肉をつらぬいた。騎士は両手を万歳させたかとおもうと、鞍からまっさかさまに落ちた。そして地面にぶつかるまでもなく、すでにことされていた。

ボールスは、真っ青な顔をしながらそばに立っている乙女のところに行った。

「さあ、もはやこの騎士から害をこうむることもありますまい。なにか、この上さらにわたしにお望みになることがありますか」

「まずは、わたしの感謝の気持ちをお受けとめください。それから、家に連れ帰っていただけますか。おお、どうかお願いです。そんなに遠くではありませんから」

ボールスの心の中では、はやく弟のところにもどれという声が耳を圧せんばかりに響いていた。しかし、こんな森のなかに乙女を一人残してゆくことはできない。ボールスは死んだ騎士の馬を連れてきて、乙女をその上にのらせた。それから自分も馬にのると、乙女の指示する方へとむかうのであった。

まださほど進まないうちに、二人は十二人の騎士に出くわした。騎士たちはうれしそうな叫び声をあげたかとおもうと、二人のほうにむかってけんめいに駆けよってきた。ボールスがまた剣を抜こうとしたところ、乙女はそれを制止するのだった。

「あの者たちは、わたしの父の家来です。きっと森を駆けめぐりながら、わたしの行方を追っていたのでしょう」

やがて駆けつけてきた家来たちと乙女は、にぎやかに再会をよろこび合った。乙女と騎士たちはボールスにむかって、自分たちと一緒に乙女の父親の城にもどってほしいとしきりに頼んだ。しかしボールスは首を横にふった。

「ご一緒にまいりたいのはやまやまですが、何としても行かねばならぬところがあるのです。それも、できるだけ急がねばなりません」

それがどれほど急を要することなのか、ボールスの顔にありありと出ていたので、相手はそれ以上勧めようとせず、神のご加護を！と別れのあいさつを述べた。ボールスは乙女たちの一行をそこに残して、馬を走るだけ走らせて、弟を見捨てた場所へともどり、さらにごろつき騎士どもが進んでいった道をたどっていった。

その道をほんの少し進んだところで、道端に立っている長身の男に出くわした。男は修行僧の黒いマントを着ており、顔はなかば頭巾《ずきん》の翳《かげ》になっていた。ボールスは手綱をしぼり、くだんの騎士たちをお見かけにならなかったかとたずねた。

「ご自分でごらんなさい。ほら、あのとおりですよ。そなたが見捨てた時には、まだ生きていたのですが」

修行僧はこう言うと、シダやイバラがからみあった道端の茂みを指さした。そちらに顔をむけると、ボールスの目に、弟のライオナルの遺骸らしいものがとびこんできた。まるでどこかの子どもがぞんざいに投げ捨てた、壊れた玩具《おもちゃ》のようだった。流れ出した血がまだ生がわきなのが、かえって痛々しい。

悲しみが波のようにおしよせて、ボールスの全身をつつみこんだ。

ボールスは鞍からすべり落ちるようにして地面に立つと、膝をついて遺骸を抱きあげた。そして心の中で叫んだ。

「キリストさま、わたしは弟をお守りくださるようお祈りしました。でもあなたは、お聴きにならなかった。おお、お聴きくださらなかった」

しかしボールスは、心の中のこんな捨てばちな非難の言葉をおし殺し、ただ
「おお、神さま、御意のままにいたします」

と言うと、死体を――ほとんど重みを感じないままに――かかえあげると、鞍の上に載せた。そしてそばに立っている修行僧にむかって、こうたずねるのだった。

「どうか教えてください。この近くに教会なり、礼拝堂《チャペル》なりがありますか？　弟を葬りたいのです」

「あります。ついて来なさい。そこまでご案内しよう」

こうして馬の手綱をひきながら、ボールスは僧衣をまとった人物に導かれるがままについていった。

ほどなく、二人は森の樹々のあいだに高くそびえる、頑丈なつくりの城館《やかた》までやってきた。城は、まるで、人間の力によって建てられたというよりは、自然にそこに根をはって、生えてきたかのように見えた。そして城のすぐ横に、見捨てられ、苔《こけ》むした礼拝堂《チャペル》があった。この礼拝堂《チャペル》の前で二人は立ちどまった。ボールスは弟の遺骸を馬からおろし、礼拝堂《チャペル》の中にはこびこんだ。そうして遺骸を安置するのにふさわしい場所はないものかと、あた

りを見まわした。礼拝堂《チャペル》の中は、うすぼんやりとした緑色の光に満たされていた。そんな光のもとで、堂の中央のところに、彫刻された大きな石板でできた墓があった。ほかに適当な場所がないので、ボールスはその上に遺骸を寝かせた。

ところが、堂内をいくらさがしても、十字架もなければ蠟燭《ろうそく》もなく、およそキリスト教のいとなみを指し示すようなものは何も見つからなかった。

「遅くなってきた。遺骸をここに残していこう。夜のあいだの暗い時間を、あちらの城で過ごすのだ。朝になったら、一緒にここにもどって、騎士にふさわしく埋葬してやろうではないか」

こんな修行僧のさそいに、ボールスは重い心をかかえながら奇妙な礼拝堂《チャペル》をあとにし、この男のあとについて、となりの城に入っていった。

さてこの城は、外から眺めると、すぐ横の礼拝堂《チャペル》と同じように、見捨てられ、梟《ふくろう》の棲処《すみか》となり果てているかのように見える。しかし敷居をまたいだボールスには、松明《たいまつ》の光と、吟遊詩人の音楽が洪水のようにおしよせてきた。そしてあっというまに、派手な絹の衣装をまとった騎士や貴婦人やらにとり囲まれてしまった。人々はボールスに歓迎のあいさつをして、大広間に案内した。そして先を争うように手をかして鎧《よろい》を脱がせると、ボールスに長衣《ローブ》をあたえた。それは金色の菱形模様のついた見るも豪華なもので、そればかりか裏地には極上のテンの毛皮がついていた。

そのとき、大広間に一人の貴婦人が入ってきた。こんなに美しく、典雅なものごしの女性に、ボールスはいままでお目にかかったことがなかった。左右の瞳はベラドンナの花のような、柔らかく深い青であった。また赤みがかった黄金色の髪は、その上にかぶった紫の絹のネットによく映《は》えていた。女はボールスのそばに来て、歓迎の言葉をかけた。どう見ても、この人物が、この奇妙な城の主人らしかった。女はボールスをクッションつきの長椅子へと導いて、自分の横に座らせた。大テーブルでは、召使や従者たちが夕食の準備にいそがしく立ち働いている。女はボールスにむかって、こちらに来たいきさつをたずねた。ボールスが自分の冒険のこと、弟が死んだことを話すと、女は同情のこもったやさしい言葉をそっとささやいて、膝の上にあったボールスの手をとろうとした。しかしボールスは、ゆっくりとした動作で、女の気持ちを傷つけまいと気づかいながらも、手を後ろにひいた。

そんなボールスのしぐさに、女は驚いて、身をふるわせた。

「ボールスさま、あなたにとって、わたしは見苦しい女ですか?」

「奥方さま、とんでもありません。あなたのように美しいお方は、いままで見たことがございません」

この言葉に、女はため息をついて、かすかに微笑みを浮かべた。

「では、その証拠をお見せくださらねば。アーサー王の宮廷でのあなたのお噂をはじめてこの耳にしていらい、とても長いあいだ、わたしはあなたのことをお慕いもうしておりました。そしてあなたがいらっしゃるのを、ずっと心待ちにしておりました。とても長いあいだ待ちに待ちながら、わたしを幸せにしてくれたかもしれないほかの人たちをこばみとおしました。それも、すべて、あなたのためです。さあ、それでもあなたは、お返しにわたしを愛してはくださらないのですか」

ボールスは押し黙ったままだ。何とこたえればよいのか、見当もつかない。するとしばらくして、女がまた言った。

「わたしは、あなたに力をさし上げられますわ。これまでどんな男《ひと》も手にしたことのないほどの富をさし上げられますわよ」

このように言ってくれると、女の美しさと、蠱惑《こわく》的な瞳のきらめきに抵抗することが、むしろ容易になった。

「おお、奥方さま、わたしがのり出した冒険のことを、お話しました。それに最愛の弟が、なぜこんなことになったのかわかりませんが、たったいま亡くなって、すぐそこの礼拝堂《チャペル》に安置されているのです。どんなお方であれ、いまは、愛せるようなありさまではないのです」

「冒険のことなどお忘れになりなさい。わたしの方が、もっと大きな喜びをさしあげてみせますわ。それに弟さんはもう死んでしまったのです。嘆いても、悲しんでも、生き返ることはありません」

こう言って、女は身を前にかがめながら、両手をさし出した。

「女の方から男のかたにむかって愛してくださいなどと言いだすのは、そう簡単なことではありません。でも、わたしは、誇りを捨てて、あなたにお願いしているのです。わたしほど一人の男のかたに深い思いをいだいた女はありませんわ」

「奥方さま。あなたが幸せになるなら、ほかのどんなことでも行ないましょう。しかし、それぱかりはできません」

すると女はすすり泣きながら、死者を悼《いた》んで号泣する泣き女のように、前へ後ろへと身体を揺らしはじめた。そうしながら髪を解きほぐしたので、まぶしい金髪が身体中に垂れかかった。ボールスは、急にうんざりして、鎧《よろい》をさがそうと立ち上がった。礼拝堂《チャペル》にもどろうと思ったのだ。

どうやってもボールスの心を動かすことができないことがわかると、女はボールスをはげしくなじりはじめた。

「あなたって、残酷で、心ないかたね。騎士だなんて、真っ赤な嘘だわ。わたしをこんなに悲しくさせて、こんな大恥をかかせて、よくも平気ね。あなたの目のまえで、死んでやるわ。こんな苦しみを我慢するなんて、まっぴらよ」

奥方は騎士たちにむかって、ボールスをとらえて中庭に連れだし、そこでとりおさえているよう命じた。そしてさらに、大広間にいた者たちの中から十二人の侍女を呼んだ。奥方はこの女たちについてくるよう命令すると、外の階段をつたって、この城でいちばん高い城壁へとのぼっていった。そこで、女たちは、松明《たいまつ》と月にはさまれながらずらりとならんだ。そうして一人が、はるか下の中庭にむかって叫んだ。

「ボールスさま、おお、ボールスさま。正真正銘の騎士ならば、わたしたちを憐《あわ》れんでください。そして奥さまにお望みのものをさし上げてください。もしも奥さまがあなたを愛するあまりここから身を投げたりしたら、わたしたちも身を投げなければなりません。わたしたちは奥さまの家来なのです。お一人で死なせるわけにはまいりません」

ボールスは羽交《はがい》じめにされたまま、女たちを見上げた。なんと美しい女たちだろう、なんて若いのだろう…などと思うと、憐《あわ》れみの気持ちに心が張り裂けそうになった。しかしボールスは怒りをふくんだ声で叫びかえした。

「奥方が飛びおりて、そなたらもいっしょに飛びおりるというなら、それはそなたらが決める問題だ。わたしの決めることではない。わたしは奥方を愛しはしないぞ」

これを聞くと、女たちは怨み、嘆きながら、いっせいに城壁をけって、宙に舞った。そしてまるで鳥撃ちの矢に射られた美しい鳥のように、落下してきた。

ボールスはもがいて自由になると、あまりの嫌悪に胸がわるくなって、胸の前で十字をきった。

その瞬間、へどが出そうな異臭の充満した暗闇が雲のように湧きだして、ボールスを呑《の》みこんだ。煙の中でうす汚れた炎がきらめき、耳をつんざかんばかりの阿《あ》鼻叫喚《びきょうかん》の声が響きわたった。さながら地獄の悪魔がすべて飛び出して、ボールスのまわりにうごめいているかのようであった。ボールスは何者かに押されて、思わず膝をついてしまった。そして城全体がひっくり返ったように感じられ、何も見えず、何も聞こえなくなってしまった。

やがて、徐々にではあったが、煙と喧騒がうすれてきた。ボールスは首をふって、周囲を見まわした。城も、奥方も、騎士たちも、侍女たちも――すべてが消え失せていた。ただボールスの鎧兜《よろいかぶと》だけが、目の前の汚れた草の上に散乱して、月光をあびながらきらめいているのであった。またボールスの馬は、すぐそばで、何くわぬ顔をして草を喰《は》んでいる。そしてボールスはといえば、見捨てられた礼拝堂《チャペル》の階段の前に、ひざまずいているのであった。

こうして膝をついたまま、ボールスは窮地から救ってくれたことを、神に感謝した。そしてその場に立ち上がると、よろめく足で中に入っていった。

しかし、古い墓石の上に死体はなかった。弟がここにいた形跡は、どこにもなかった。このとき、ボールスの頭にはたとひらめくものがあった。てっきりライオナルの遺骸だと思ったが、あれはじつはそのようなものではなく、今夜の冒険のすべてがそうだったように、暗黒の大王である悪魔が自分のためにしくんだ罠《わな》だったのだ…とすると、ライオナルはやはりぶじなのかもしれない。こう思うと、ボールスの胸に明るい希望の光がさした。そしていまはもう夜明けが近かったので、ボールスは鎧《よろい》を身につけ、口笛をふいて馬をよんだ。こうして馬にまたがると、ふたたび森の道に出た。とにかく先にゆけば何か弟の消息があるだろう、と願いながら…

二日後、ボールスの目のまえにまた城があらわれた。そして城のすぐ前で、一人の若い従者に出会った。ボールスは男を止めて、何か聞くだけの価値のある話はないかとたずねた。すると待ってましたとばかりに、少年がこたえた。

「おおありですとも。明日、この場所で、ぼくたちの騎士と、伯爵の家来たちのあいだで、壮大な馬上模擬戦が行なわれるのです」

これを聞いて、ボールスは翌日までそこにとどまることに決めた。そのように大がかりな模擬戦なら、聖杯を追い求めているほかの騎士たちが集まってくる可能性もある。そんな連中から、弟の消息が聞けないでもあるまいと思ったのだ。あるいは、ライオナル自身がひょっこりと顔を出すかもしれないではないか。というのも、囚《とら》えられ、打ちすえられたライオナルの姿を見せられはしたが、それもあの夜の冒険でおきた出来事と同じで、幻影《まぼろし》だったのではなかろうかと、ボールスは願いはじめていたのだ。

ボールスは従者に感謝の言葉を述べた。そしてはるか遠く、森のきわに隠者の庵《いおり》がかろうじて見えたので、それをめざすべく、馬の首をめぐらせた。その夜の宿を願おうと思ったのである。

その場所の近くまでくると、馬が草を喰《は》んでいるのが見えた。この馬には見覚えがあるぞと思い、ボールスは胸をおどらせながら、足をはやめた。さて庵《いおり》についてみると、戸口のところに座っているのは、誰あろう、ライオナルその人ではないか。ライオナルはばらばらにした鎧《よろい》の部品の真ん中に座って、けんめいに剣の刃《やいば》を磨いている。明日の模擬戦にそなえているのであろうか。ボールスが近づくと、ライオナルは顔をあげた。しかしボールスがひらりと馬から飛びおりて、おどるような声であいさつしても、ライオナルはまったく動かない。ただ、膝の上にわたした剣の刃《やいば》を磨く手に、もっと力がこもったように見えた。

ボールスは思わず叫んだ。

「ライオナルじゃないか。弟よ、どうしていたんだ？」

「ごらんのとおり死んじゃいないさ。だけど、兄さんのおかげじゃない」

ライオナルは歯のあいだからしぼり出すような声でこたえるのだった。

「死んじまっても不思議じゃなかった。だけど晴れた空に、とつぜん、二股の稲妻がぴかりと光ったと思ったら、ぼくを捕まえた連中が死んでいた。おかげで、自分で縛《いましめ》をひきちぎって、なんとか自由になることができたってわけさ」

こう話しながら、ライオナルは手首を見せた。縄でこすれた、火傷のような傷があった。しかしライオナルはじっとボールスを見すえたままだ。

「ぼくは兄さんのためなら死んでもいいぐらいに思っていた。なのに、兄さんときたら、女を助けるために、命の危険にさらされているぼくをほっぽり出してしまったんだ。あんな女、兄さんと何の関係もないじゃないか」

ボールスには、頬にがんと一発くらったように感じられた。

ボールスはライオナルの前に膝をつき、頭をさげて、両手をにぎり合わせた。

「神さまもごらんになってください。わたしは自分が正しいと思うことをやったのです。ライオナル、お願いだ。赦《ゆる》してくれ」

ライオナルは手をついて立ち上がると、無言で鎧《よろい》をかき集めはじめた。なおもひざまずいたままで、ボールスはたずねた。

「何をしているのだ」

「ごらんのとおりさ。鎧《よろい》をつけているのだ。愛し、信頼できる兄さんがいるなんて思っていたぼくが馬鹿だった。だけど、いくらぼくだって、シャツしか着てないのに、兄さんと戦って勝てるなんて思わないよ。兄さんはちゃんと鎧《よろい》をつけてるもの」

「ライオナル、何を言うんだ！」

ボールスは目を丸くして、弟を見ている。

「兄さん、ぼくに殺されたくなかったら、たった一つだけ、それを避ける道がある。兄さんがぼくを殺すんだ」

「何を言うんだ。ぼくたちは兄弟じゃないか」

「それはもう過去の話さ」

ライオナルは最後の締め具をとめた。悲しみと怒りで、ライオナルは、もう、われを忘れていた。ライオナルは馬にのり、ボールスがなおも凍りついたようにひざまずいている方に、馬の首をねじまげた。

「立つんだ！」

ライオナルは大声で叫んだ。

「馬にのって、戦うんだ。でなきゃ、そこにひざまずいている兄さんを、ぼくが殺すからね。ぜったいさ。あとで人に何を言われようと、ぼくはかまわないんだ」

ボールスはふたたび手を前にさし出した。だれかを前にしてこんなに身を低くしたことは、いまだかつてなかった。

「ライオナル、憐《あわ》れに思ってくれ。わたしだけじゃなくて、おまえ自身のこともね。思い出してくれ。われわれは、とても仲のよい兄弟だったじゃないか。ここにひざまずいているわたしを殺さないでくれ。おまえと戦うなんて、わたしにはとてもできない。そんな気にはとてもなれない」

ライオナルはかすれた声をもらした。そして馬に拍車をいれた。馬が突進してきて、ボールスを押し倒した。そして大きな丸い蹄《ひづめ》の下に、踏みにじった。倒れたボールスがなかば意識を失ってうめいていると、ライオナルは鞍から飛びおりた。そして片方の手で剣をふりあげながら、狂人のように兄の兜《かぶと》をひっぱって、もぎとろうとするのだった。

しかしその瞬間に、隠者が粗末な庵《いおり》から出てきた。隠者はいまここで起きたことの一部始終を耳にしていたが、兄と弟が自分たちだけで問題を解決してくれることを願いながら、じっと身をひそめていたのだった。しかし、ライオナルが兄の首をかきとろうとするのを見て、傷ついたボールスをかばうように身を投げ出して叫んだ。

「お願いだから、手を下げるんだ。実の兄を殺すのか。そんなことをしたら、そなたの魂も死んでしまうぞ」

「老いぼれじじい、じゃまするんじゃない。あいつの前に、まずおまえをかたづけてやるぞ。おれの魂を、おまえら二人分の命と引きかえにくれてやる」

しかし隠者は、ボールスにいよいよしっかりとしがみつくばかりだった。そしてボールスの両肩をつかむと、自分のからだでボールスをかばうのだった。

これを見たライオナルは、そこにからだを伏せたままの隠者に切りつけた。たったの一撃で、まばらな銀色の髪におおわれた隠者の頭が、ざっくりとふたつに割れた。そして老人の死骸をわきにどけると、ライオナルは兄の兜《かぶと》をはずそうと、またけんめいに紐《ひも》をひっぱりはじめた。

ところが、ちょうどそのときに、サー・コルグレヴァンスという名の円卓の騎士が通りかかった。コルグレヴァンスも明日の馬上模擬戦の噂を聞いて、駆けつけて来たのだった。そして、いま目の前で何がおきているのかを見てとった。コルグレヴァンスはひらりと鞍からおりると、ライオナルの肩をつかんで後ろに引きもどすと、こう叫んだ。

「ライオナル、気でも狂ったか？　実の兄を殺すつもりか？」

ライオナルはもがいて相手の手をふりほどくと、こうこたえた。

「ああ、そうさ。だけど、もしそなたがちょっかいを出すなら、あの老いぼれみたいに、そなたを先にかたづけてやるぞ」

「では、そうするんだな」

コルグレヴァンスは身をていして、ライオナルと兄のあいだに割り込んだ。そしてみずからの剣を抜くと、肩にかけていた盾をひょいと下ろした。

それは熾烈きわまりない、決死の戦いであった。双方とも、強い騎士だった。また友人同士としての練習試合は数えきれないほど行なっていたので、お互いの手のうちを、たなごころをさすようにわきまえていた。戦いは延々とつづいた。ボールスに意識がもどってきた。片肘をついて起き上がったボールスの目に、隠者の死骸がすぐよこに転がっているのが見えた。そしてすぐそばで、弟と友人が、必死で戦っているではないか。ボールスの心の中に、吐き気をもよおすような恐怖が湧きあがってきた。ボールスはもがいた。立ち上がって、二人のあいだに割ってはいりたかった。なんとか座ることはできた。しかしまわりの景色がぐらぐらと揺れ、痛みと、身体から力が抜けているせいで、それ以上進むことはできなかった。

戦いは、コルグレヴァンスにとって不利になりつつあった。コルグレヴァンスはボールスが座ったのを見るや、大声で叫んだ。

「おい、助けてくれ。そなたのために戦っているのだぞ。もしわたしが死んだら、そなたの恥だぞ」

ボールスは何とか脚《あし》を尻の下にさしいれて、なかば立ち上がった。そんなあいだにもコルグレヴァンスは、あえぎ、しゃくり上げながら、ボールスにむかって助けを求めるのだった。しかしボールスが戦っている二人の方にむかって一足すら進めることができないでいるうちに、ライオナルは、ついに、渾身の一撃をみまった。刃《やいば》は相手の兜《かぶと》を割り、頭のなかに深々とくいこんだ。コルグレヴァンスは息のつまったような叫びをあげると、その場にへなへなとくずれてこときれた。

つぎに、ライオナルは兄のほうに向きなおった。そして剣をふりおろした。ボールスはまたもや倒れそうになった。

「かかってこい！」

ライオナルは叫んだ。

「かかってくるんだ。そうしないと、不実な臆病者め、おまえの命はないぞ」

ボールスは剣の柄《つか》に手をおいた。頬の上を、涙がぽたぽたと流れおちた。しかしボールスは剣を抜きはらい、盾をかまえた。しだいに、ぐらぐらと揺れていた大地がしっかりと定まってきた。そして萎《な》えていた腕にも力がもどってくる。

「神さま、お赦《ゆる》しください。お優しいイエス・キリストさま。どうかお赦《ゆる》しください」

ボールスは祈った。そして剣をふり上げると……

ボールスの盾とライオナルの盾の間で、何かが起きた。まるで磨かれた金属に陽《ひ》の光が反射するように——しかし太陽よりも何千倍も明るく——一瞬、閃光が走った。そしてかみなりが炸裂するような轟音が響きわたり、熱い炎の舌があたりをなめた。兄と弟は引き裂かれるように後ろに投げ出され、意識が遠のきながら、地面にたたきつけられた。

ほんのしばらくして、目が見えるようになり、感覚がもどってくると、二人はお互いの間の地面が真っ黒に焼け焦げているのに気づいた。またどちらの盾も、ねじくれ、焼けている。しかしボールスとライオナルは、すでにこうむっていた傷をべつにすれば、まったくの無傷であった。

このとき、偉大な静寂が二人のうえにおとずれた。そして静寂の中から、ボールスの耳にはこのような言葉が聞こえてきた。

「ボールスよ、さあ立ち上がって、この場を去るのだ。そなたの弟と別れる時がきた。そなたは、いまから海をめざすのだ。パーシヴァルがそなたを待っている」

そこでボールスはライオナルのところに行った。兄と弟は抱き合った。

「ライオナルよ、かけがえのない弟よ、おまえはここに残ってくれ。そしてわたしのために亡くなった二人の方々を、手厚く葬るのだ」

「そうしよう。だけど、兄さんは？　兄さんは残らないのですか？」

ボールスは首を横にふった。

「わたしは海辺に行く。パーシヴァルが待っているのだ。だが、すべてが終わったら、ふたたび会えるだろう」

こうして二人は別れた。

やがて、サー・コルグレヴァンスと隠者のとむらいがすっかり終わると、ライオナルはアーサー王の宮廷へともどっていった。もはや聖杯を求めようという気持ちはすっかり失せていた。

しかしボールスは海辺をめざして、さらに遠くへとさまよっていった。

ボールスは夜に昼をついで馬をすすめた。そうしてついに海辺にたった修道院までやってきて、そこで一夜をすごした。こうして眠っているボールスに、またもや、何者かの声が聞こえてきた。

「ボールスよ、起きるのだ。いまこそ、海岸におりてゆくのだ」

ボールスは起き上がり、鎧《よろい》を身にまとった。そして馬に鞍をおいて厩《うまや》から引いてくると、波の音のする方へと進んでいった。

浜におりると、岸辺の岩に、くいこまんばかりに接近している船があった。一見したところ無人であったが、白い銀襴の帆が張られてある。いままでこんなに豪華な船は見たことがなかった。ボールスは馬からおりると、船端《ふなばた》をまたいだ。するとその瞬間に――馬を船にのせる暇《いとま》もあらばこそ――船が岸をはなれた。そうして帆に風が満ちたかとおもうと、船はまるで波の上をゆく海鳥のように、すいすいと走りはじめた。ボールスはあたりを見まわした。しかし暗い夜だったので、どんな船なのかくわしくはわからない。こうなると、もはや、なすべきことは何もなかった。ボールスは傷だらけの兜《かぶと》を脱ぎ、神に祈りをささげると、隅《すみ》の物影に身を横たえて眠った。

朝になって目が覚めたボールスが、まず最初に見たものは、パーシヴァルの黄色い頭だった。パーシヴァルは早朝の陽《ひ》の光をあびながら、座って目をこすっていた。

その同じ瞬間に、パーシヴァルもボールスを見た。二人ははずんだ声でお互いの名を呼び合いながら、もどかしくもよろける足で相手のほうにむかった。

「どうやって、ここに来たんだ？　もう何日も、わたしはこの船でひとりぼっちだった。昨日の夜に寝る時もそうだったのに」

パーシヴァルが真っ先にたずねた。こうして二人は、一別いらい自分の身におきたことを話すのであった。そして最後にパーシヴァルはこう言うのだった。

「あとはガラハッドさえやって来れば、わたしの受けた約束は完全に果たされよう」

しかし、ここで物語はボールスと別れて、ふたたびほかならぬそのガラハッドのもとにもどることになる。

第*10*章　船と剣

さて、二十人の騎士に攻められたパーシヴァルを救ったガラハッドは、パーシヴァルをそこに残したまま、《荒れた森》の道を進んでいった。そして道々数多くの冒険に出会った。

そして、ある日、とある修道院にやってきた。そこは、床に臥《ふ》したモルドレイン王の姿をパーシヴァルが見た、あの修道院であった。モルドレイン王といえば、もちろん、白地に血色の十字が描かれた盾の、最初の持ち主であった。ガラハッドは、ここで、モルドレイン王の物語を聞いた。そうして、王が長年のあいだ傷が癒えず、目も見えぬままに臥《ふ》せ

りながら、盾のあらたな持ち主によって救われる日をひたすらに待ちつづけているのだということを知った。

つぎの日のミサの刻限となると、ガラハッドは王が臥《ふ》せっている、修道院の教会に行った。

ミサが終わると、ガラハッドのために鉄の格子が開いた。ガラハッドはなかに入り、祭壇に近づいていった。するとモルドレイン王は寝台の上に起き上がり、やせ細った両腕をガラハッドの方へとさしのべた。王の両の眼にふたたび光がもどった。王はガラハッドの姿をはっきりと見た。

モルドレインは、喜びにあふれる声でこう言うのだった。

「待ちつづける時は長かった。しかし、いま、それも終わった」

ぐらりと揺れた老人の身体を、ガラハッドは受けとめた。そして寝台のまくらもとに腰を下ろすと、老人を自分の肩によりかからせた。すると、その瞬間に、古い傷がすべて癒えた。跡形さえ残っていない。

「わたしの願っていたことが、これですべて成就しました。主よ、わたしを心静かにあなたのもとに行かせてください。わたしの悲しみは、すべて去りました」

こうしてガラハッドの肩にもたれかかりながら、モルドレインは長く、ゆっくりと満足のため息をついた。するとモルドレインの魂は解きはなたれた。

モルドレインの遺骸が、王にふさわしく葬られると、ガラハッドは旅をつづけた。そろそろ海にむかうべき時がきたと、ガラハッドにはわかっていたのだ。

しかし、こうしてガラハッドが海をめざして馬を進めていると、夏も終わりに近づいたある日、陽炎《かげろう》のたつ暑い午後に、大がかりな馬上模擬戦が行なわれている場所にさしかかった。そのとき、戦いはほとんど終わりかけていた。というのも、城を守っているらしい騎士たちは、敵の軍勢に数でも力でも圧倒され、押されはじめていた。

ガラハッドはさっそうと剣を抜きはらって拍車を蹴り、助太刀に駆けつけた。そしてガラハッドの目のさめるような活躍により、攻撃側の騎士たちが多数落馬させられた。守備側はこれに勢いをえて、ふたたび前に押しはじめた。まるで天使長ミカエルその人が味方についたかのようであった。

さて、ガウェインとエクトルがたまたまこの馬上模擬戦に来あわせて、敵の側についていて戦っていた。そして、白地に紅《あか》い十字の盾が大乱戦の真ん中にあって、ひときわ華《はな》やかに燃え上がっているのを目にした。このころになると、聖杯を求めて旅立った騎士たちは、ほとんどの者が、この紋章がだれのものであるかを知っていた。そこで彼らは、もうこの方面の戦いからは手をひいて、別のところで冒険をしてみようと思いはじめた。しかし、それが実行できないでいるうちに、戦いの流れによって、ガラハッドがまっすぐ二人の方にやってきた。そして激しい剣と剣の応酬となったあげく、ガラハッドの強烈な一撃がガウェインの頭上に命中した。ガラハッドの剣は兜《かぶと》を割り、鎖の頭巾《ずきん》を裂いた。そしてがしゃんという音とともに、ガウェインは地面にたたきつけられた。

ガラハッドは旋風のように去っていった。そして人と馬がごうごうと渦をまく激戦の白熱した中心に姿を消した。潮がかわるように、戦いの趨勢《すうせい》が変化していた。そして潮は城から遠くへ、遠くへとひきつつあった。エクトルは自分の馬をそんな潮の流れに真正面からぶつけて、なんとかその場所にふんばった。それは落馬して地面にのびている友人のようすを見ながら、馬の蹄《ひづめ》に踏みつぶされないよう守るためであった。

攻め手の軍は壊滅し、騎士たちはてんでんばらばらに潰走をはじめた。守り手の騎士たちは熱心に追っていった。しかし、まもなく、城の騎士たちも追跡をきりあげて帰ってきた。そしてエクトルが地面に膝をついて、友人のようすを気づかっているのを見つけた。騎士たちはほかの負傷者とともに、ガウェインを馬の背にかかえあげ、城まで連れてかえった。やがて呼ばれた医師がやって来て、ガウェインの頭の傷に膏薬をつけて包帯をまいた。そのとき、ガウェインは目を開いて言った。

「頭が割れるほど痛い。もう死にそうだ」

「一月《ひとつき》もすれば、もとどおり元気になって、馬にものれるし、槍も持てるようになるでしょう」

と医師がなぐさめた。するとガウェインは、エクトルにむかってこんなことを言いだした。

「さあ、もっとこの旅をつづけようと思うなら、わたしをおいて行ってほしい。わたしは馬にのれるようになったら、すぐにでもキャメロットに帰ろうと思う。このたびの冒険は、最初は素晴らしい冒険にみえたけれど、けっきょくわたしが得たものといえば、悲しみと、この割れそうな頭だけだ」

そしてさらに、このおかげで頭がもっと痛くなるとでもいわんばかりに、ガウェインはこうつけたした。

「あいつに勝つことなんてできないんだ。さっきから思ってるんだが、たとえわたしの剣の方が先に命中していたとしても、あいつときたら、血の一滴すら流さなかったんじゃないかな」

するとエクトルも、当惑したような顔であいづちをうった。

「わたしもなんとなくそんな気がする」

さらにガウェインが、げんなりとした顔で追い打ちをかけた。

「岩とか、炎とか、百合とか、あるいは天使ミカエルさまを叩いても血なんか出やしない。それと同じことさ。戦う相手だって、旅する仲間だって、切れば血の出る生身の人間であってほしいものだね」

こうして、数日後に二人は別れた。そしてエクトルは、さらに一人で旅をつづけるのだった。


ガラハッドは城の騎士たちとともに帰ってはこなかった。騎士たちは、敵の追跡をきり上げてひきかえそうとしたとき、ガラハッドがいないものかと探した。しかしガラハッドはすでに姿を消していた。はやくも海をめざして、旅をつづけていたのだ。

ガラハッドの足どりは速く、この同じ日の夕方には、コルベニック城から二里《リーグ》たらずのところにまで来ていた。しかしガラハッドには、自分にとって聖杯の冒険がまだ完成する段階にはたっしていないことが、心の中でわかっていた。したがって聖杯の城に行くのも、まだ早すぎるのだ。そこで道ぞいに隠者の庵《いおり》を見つけたガラハッドは、そこに立ち寄って、一晩泊めてほしいと頼んだ。隠者はガラハッドに食事をあたえ、さらに寝床として、刈ったばかりの草を床にしいてくれた。

ところが、深夜の暗闇の中をかつかつかつかつと馬の蹄《ひづめ》の音が近づいてきたかと思うと、それにつづいて扉を軽く、すばやく連打する音が聞こえた。そして女の声が、ガラハッドの名を呼んだ。

ガラハッドは起き上がって扉をあけた。すると、そこに、小ぶりの馬の手綱をもった乙女の姿があった。

「わたしに何をお望みなのです？」

「鎧《よろい》をきてください。それから馬にのって、わたしについて来るのよ。いままでどんな騎士も目にしたことのないような、最高の冒険にあなたをお連れしますわ」

ガラハッドは庵《いおり》の中にもどって、鎧《よろい》をまとった。そのあいだに乙女は、近くで草を喰《は》んでいたガラハッドの馬をつかまえて、鞍をつけた。ガラハッドは隠者に別れのあいさつをすると、馬にまたがり、乙女とともに道に出た。

二人は夜を徹して進んだ。やがて朝陽《あさひ》が昇り、黒々とした晩夏の樹々のつらなりを黄金色にそめた。立ちどまって食べることも、休むこともなく、二人は黙々と進む。こうして昼間の時間が過ぎ去り、夜がふけていった。つぎの日の夜明けが近づき、空気が透明な緑色にそまってきたころ、二人の耳に海の波のつぶやきが聞こえてきた。二人は浜辺におりていった。すると一隻の船が、二人を待っていた。この船のだらんと垂れた帆は、すべて白の銀襴の布であった。そして船の甲板の上にはボールスとパーシヴァルが立って、やってくる二人の姿をじっと見つめていた。

「わたしたちは、ここで馬を放さなければなりませんわ」

乙女はするりと地面におり立った。ついで、えもいわれぬほど美しい彫刻がほどこされた木箱を下ろした。この箱を、乙女はずっと鞍の前に載せてはこんできたのだった。ガラハッドも馬からおりた。そして二頭の馬の鞍をはずすと、自由にしてやった。そうしてガラハッドは、水際までくだってゆき、船にのりこんだ。そしてなおも美しい木箱をかかえている乙女の手をひいて、舷側から船の上にひきあげてやった。集まった三人は、にぎやかにたがいの再会を喜びあった。とくに乙女の姿を見て、それが長年会っていない妹のアンコレットだとわかったときのパーシヴァルの喜びには、ひとしおのものがあった。そして、このようにまた三人の騎士が集まることができたことで、大いなる喜びと安堵の気持ちが、みなの心にわき上がってくるのであった。

静かな夜明けの空から風が吹いてきて、船の帆を満たした。そのおかげで、世界の果てから太陽がすっかり昇りきったころには、船ははるか沖にたっし、陸の影はまったく見えなくなっていた。しかし三人の騎士はまだ話しつづけていた。ときには重々しく、ときには笑いをまじえながら、最後に別れて以来それぞれの身におきたことを、お互いに話しているのだ。しかし太陽が中天高く昇り、風をはらんで円《まる》くふくらんだ白い銀襴の帆をすかして、さながら一輪の黄金のバラの花のように見えるころになると、しばしの沈黙が三人をおおった。そしてつぎに沈黙を破ったのはボールスだった。

「われらの冒険がぶじに成功してほしいと願うのは当然のこととして、あとはランスロットどの――そなたの父上がここにおられたなら、もう何も言うことがないのだが」

「わたしもそう思います」

とガラハッドはこたえた。

「でも、神はそれをお望みでないのです」

その日は一日中、そして夜になってからもずっと、船は風をうけて快速で走った。そしてふたたび黎明の光がさしそめるころになると、岩でできた低い島までやってきた。島には無数の海鳥が舞いとび、鳴き声があたりの空気に満ちていた。そして船は、まるで目に見えない誰かが舵《かじ》をとっているかのように狭い、隠れた入江の中へと導かれていった。やがて帆から風が落ち、船は静かにとまった。一行の目の前には、砂洲が堤防のように細長く突き出ていた。そしてそのむこう――すぐ歩いて行けるところ――に船が見えた。こちらの船よりもはるかに豪華で、大きな船だ。

「みなさん」

と、乙女アンコレットが話しはじめた。このときまでアンコレットは、三人の騎士たちから少し離れたところにいた。そして兄に再会した喜びの瞬間から、ほとんど口を開いていなかった。

「目の前に、冒険がやってきました。主がみなさんを集めたのは、この冒険のためです。さあ、おいでください」

騎士たちは浜にとびおりた。そうしてみなで手助けして、乙女を船からおろした。乙女はあいかわらず美しい木箱を、だいじそうにかかえている。四人は砂に足をとられながら砂の丘をこえて、見知らぬ船へとむかった。船につくと、船端《ふなばた》にこんな文字が記されてあった。

《おお、われにのりこまんとする者よ、つねになんじの心に信仰の満つることを忘るるなかれ。われは信仰なり。もしなんじわれを裏切らば、われなんじを裏切らん》

これを見たボールスとパーシヴァルは、浜に立ったままためらった。しかしガラハッドはそのまま船にのった。乙女もいっしょにのった。そこで残りの二人も、それにつづいて船にのるのだった。

船の真ん中に、薄い日よけが広げられてあった。そしてその影の中に、一つの寝台があった。寝台は、美しい絹や麻の布でおおわれている。そして寝台の頭の部分には黄金の王冠がおかれてあった。また、足の部分には四人が見たこともないほどの、美しい剣が寝かされてあった。わずかに——そう、手のひらほどの長さでもあろうか——刃《やいば》が鞘《さや》から顔を出している。柄頭《つかがしら》は一つの大きな宝石でできており、この世にこれほどの色があろうかと思われるほど、およそさまざまな色彩をきらきらと放っている。そして鍔《つば》の部分には、このような文字が刻みこまれてあった。

《われをつかむことのできるのは、世に一人あるのみ。その者は先立てる者、後に来たる者すべてにまさる、すぐれた者であろう》

「これは不思議な銘だ。ほんとうかどうか試してみよう」

パーシヴァルはこう言って手をのばし、剣を手にとった。しかし、大柄な男だったにもかかわらず、パーシヴァルは柄《つか》をすっかりにぎりきることができない。つぎにボールスが試してみたが、やはりうまくゆかないのは同じであった。そこで二人はガラハッドに、うながすような視線をおくった。しかしガラハッドは、

「いや、ちょっと待ってくれ」

と言うのだった。ガラハッドは刃《やいば》の鞘《さや》から出ている部分に、美しく刻まれてある文字を読んでいる。そこにはこう記されてあった。

《何者にも勝り、何者にも敗けぬ勇気の持ち主のみが、われを鞘《さや》から抜くことを許される。ほかの者が抜けば、死にみまわれるであろう》

三人は剣をじっと見おろした。そしてついに、ボールスが言った。

「なぜ半ば鞘《さや》から抜いてあるのだろう。こんなふうに空気にさらすのは、刃《やいば》によくない。とくに海の空気はまずいぞ」

すると乙女のアンコレットがこんな話をした。

「そのことでしたら、わたしがお話できます。はるか昔、ペレス王――いまでは《手負いの王》と呼ばれている王さまです――がいまだご壮健だったころのことです。ある日、王さまは海ぞいに広がっている森に狩猟《かり》に出かけました。王さまは猟犬と狩人たち、それから騎士たちからも――ただ一人をのぞいて――はぐれてしまいました。そうして仲間のところにもどる道をさがしているうちに、王さまは樹々のあいだをぬけて、アイルランドの島に面している海岸にまでやってきました。そして深くえぐれた入江の中に、この、いまわたしたちが立っている船があるのを見つけたのです。王さまは船端《ふなばた》の文字を読みました。でもペレス王は、この世のどんな王さまにもまけないほど善良でした。また神さまへの信仰にかけては、ペレス王をしのぐ者などおりません。ですから神さまに禁じられた罪をおかしたことなど、ただの一度もありませんでした。そのようなわけなので、ペレス王は船の上にのぼってゆきました。そして、そこまで一緒にきた騎士は、浜べで待っていることにしました。船にあがった王さまは、剣を見つけました。そして、あなたががらんになっているところまで、鞘《さや》から抜いたのです。ところが、そこまできて、一本の槍がどこからともなく飛んできて、王の腿をつらぬきました。こうして王は傷つき、今日《こんにち》のこの日まで癒えることがないのです。また王さまが傷ついた同じ瞬間に、王さまの国も傷つきました。そして現在のようなありさまとなりました。水が流れず、作物が育たず、樹々が萎《な》え、人も家畜もうつろな目をしている、あのような国になってしまったのです。そして、この剣を抜くべき人物が王さまの傷を癒してくれるまで、ずっとあのままでいなければならないのです」

乙女の話が終わった。三人は、なおも、抜きかけの剣をじっと見おろしている。そうして三人は、もう一つ別の奇妙なことに気づいた。剣が名匠の手になるすばらしいできばえならば、鞘《さや》もその中身にはじない立派な作品であった。見なれない動物の皮でつくられており、紅バラの色の地に、青と金色の模様が刻まれている。しかし、ささえるための剣帯もこれにふさわしいものであってしかるべきところが、そこには、ただの麻縄がそえられているだけであった。それも見るからに粗末でささくれており、それで剣をつったら、ものの一時間ももたずに剣の重みによって切れてしまうだろうと思われるほどのしろものであった。そして、さらに、鞘《さや》に描かれた青と金色の意匠の一部をなすかのように、こんな文字が刻まれてあった。

《いかなる男も、この剣帯をとりかえてはならない。それは乙女の仕事だ。それも、王と王妃のあいだに生まれた、罪にけがれぬ娘でなければならない。そのような乙女が、自分自身のもっとも貴重な持ちものからこしらえた剣帯ととりかえるのでなければならない》

これを読んだ三人の騎士は、そのような王女がどうすれば見つかるのだろうといぶかりはじめた。それを耳にしたアンコレットは、にこりと微笑んで、こう言うのだった。

「みなさん、がっかりなさらないでください。神さまのおぼしめしにかなうならば、わたしたちがこの船を去るまでに、あらたな剣帯がその鞘《さや》についているでしょう。それも、そのような立派な剣にふさわしい、とても豪華で美しく、魔法の力のこもった帯です」

三人はいっせいにアンコレットの方に顔をむけた。するとアンコレットはそれまでずっとだいじそうにかかえてきた木箱のふたをあけた。そうして黄金の糸、絹糸、そして黄色の髪の毛で編みあげた紐《ひも》をとりだした。この髪の毛はとても明るく輝いているので、黄金の糸とほとんど区別がつかないほどだ。また、このみごとな紐《ひも》にはきらめく宝石が数多く埋め込まれているばかりか、締め具は黄金製であった。

「みなさん、兄上のパーシヴァルにはおわかりでしょうが、わたしは王と王妃のあいだに生まれた娘です。また、わたしの知るかぎり、ただの一度《ひとたび》も罪をおかしたことはありません。また、この剣帯は、わたしがもっともたいせつに思っているもの――わたしの髪――で編みました。この前の聖霊降臨祭のおりに、神さまのお声が聞こえてきました。そうして、これからわたしの身に何がおきるか、わたしが何をしなければならないのかを教わったのです。わたしはその声に命じられたように髪を切りました。わたしは自分の髪がとても気に入っていました。愛《いとお》しみすぎていたかもしれません。でも、そんな髪を、わたしは喜んで切りました。そしてごらんのように、紐《ひも》を編んだのです」

三人の騎士が声もなく見つめていると、アンコレットは剣の上に身をかがめて、麻縄をほどき、美しい剣帯をむすんだ。まるで日々の仕事をこなしているような、流れるような動作だった。

それがおわると、ボールスは大きなため息をついてから、ガラハッドの方にむいて言った。

「さあ、君の剣だ。腰につけるのだ」

「腰につけるのだ」

と、パーシヴァルが、こだまのようにくりかえす。

「その前に、わたしがそれにふさわしいかどうか、確かめてみなければ」

ガラハッドはこう言うと、剣の柄《つか》を手にとった。ガラハッドの指はにぎりの部分にぐるりとまわった。慣れしたしんだものをつかむような手つきであった。まるではるか昔になくして、ふたたび見つけた自分の剣をにぎるかのようであった。そしてほかの者たちがかたずをのんで見まもるなか、ガラハッドは剣を鞘《さや》から抜いた。そうして軽く手首をうごかす。刃《やいば》の上にきらめきがおどる。ガラハッドはかるく微笑むと、剣を鞘《さや》にもどした。乙女はガラハッドのために、古い剣――キャメロット城下の川に流れついた赤い大理石から引き抜いた剣――の締め具をはずした。そしてそれを、寝台の足元の空いた場所におくと、新しい剣をガラハッドの腰につけた。

乙女が言った。

「あなたの剣です。世に夜明けの光がさしそめたころから、あなたが来るのを待っていたのです」

「そなたがなさって下さったことには」

と、ガラハッドが言った。ガラハッドはアンコレットのヴェールがずり落ちて、少年のように刈った頭があらわれているのを見おろしている。

「感謝の言葉もありません。そなたがわたしの妹であったらよいのにと思います。でも、妹であろうとなかろうと、わたしはそなたの騎士です。そなたに誠《まこと》をつくします――永遠《とこしえ》に……」

第*11*章　乙女の死

三人の騎士と乙女は自分たちの船にもどった。一同が船にのると、ただちに風が帆に満ち、またたくまに船を入江の外へとみちびいた。

幾日かがすぎた。ある朝、船は陸にぐるりをかこまれた、小さな港に入っていった。そこは彼らがそれまで知っていたどんな土地よりも、もっと北にあった。こんなに狙いすましたように、船が自分たちをこのような土地にはこんで来たからには、きっと何らかの目的があるにちがいないと思われたので、彼らは陸にあがり、浜辺からのぼってゆく道を進みはじめた。それをたどってゆけば、どこか人間の住む場所につづいていそうに見えたか

らである。

まもなく道は荒れはてた尾根をこした。すると一行の目の前に、大きな城があらわれてきた。暗々《くらぐら》として見るものを圧倒するような、その姿。ヒースでおおわれた丘の上に、城壁がはい上がっているさまは、まるで峨々《がが》たる山のようであった。四人が立ちどまったまま眺めていると、十人の騎馬の騎士が城門をくぐって出てきた。そして騎士たちのうしろに、乙女が一人。大きな銀の器《うつわ》をささげている。

城からの一行が四人のところまでくると、その中の大将らしいものが、あいさつも何もなく、横柄な声でいきなりガラハッドに話しかけてきた。

「そなたがともなっている乙女は、高貴な生まれか?」

「こちらの乙女は、王と王妃のあいだに生まれた方だ」

「罪をおかしたことがあるか?」

「一度たりともない。そのことは、船と剣帯によってはっきりと示された」

「では、その乙女には、この城の習慣《しきたり》にしたがってもらわねばならん」

「城の習慣《しきたり》とやらにはうんざりだな。さて、今度はいったい何だろう?」

「高貴な生まれの乙女がここを通りかかったら、かならず、通行料をはらわねばならない。黄金ではない。右手から血を出していただくのだ」

「そいつは、ひどくみにくい習慣《しきたり》じゃないか」

とガラハッドは言った。

パーシヴァルは妹のそばににじり寄った。

「だが、習慣《しきたり》は習慣《しきたり》だ。通行料ははらってもらわねばならぬ」

敵の大将はこう言いながら、馬をさらに進めてきた。

「わたしが剣をふるえるあいだは、そんなことさせるものか」

とガラハッドは言いかえした。

「わたしも」

とパーシヴァルが言うと、ボールスも
「わたしもそうだ」

とつづいた。

敵の騎士たちがおしよせてきた。三人は剣を抜きはらい、肩と肩を合わせてかたまり、外側に向いた。こうしてアンコレットを真ん中に囲うのであった。そして敵が攻めかかってくると、三人は敢然と押し返した。しかし戦いがはじまった直後に、さらに二十人ばかりの騎士が城から飛び出てきて、三人をとりまいた。やがて敵の騎士たちは、はあはあと荒い息をはきながら、やや後ろにひいた。そして大将が叫んだ。

「そなたらは、いずれおとらぬ立派な勇士だ。だから、殺したくはない。だが、いくらそなたらの力をもってしても、この囲いを破ることはできまい。乙女の運命は、けっきょくは同じことだ。だから、いまこちらによこすのだ。そうすればそなたらは自由だ」

「そんな自由など、甘すぎて味わいのないものだ」

とガラハッドが叫びかえす。

「では、どうしても死にたいというのだな？」

「神のご意向にしたがうまでだ。だが、まだそこまでは来ていないぞ」

こう言うと、ガラハッドは剣をふり上げるのだった。

こうして、ふたたび戦いがはじまった。激しい嵐のような戦いであった。敵の騎士たちはあらゆる方向から、怒濤のように三人にむかって攻めかかってきた。戦いは一日中つづいた。陽《ひ》が低くなり影がのびてきた。まもなくあたりが暮れてくると、今度は影がきえて、うす暗がりとなった。やがて黄昏《たそがれ》が深まり、うす暗がりが本格的な闇にかわる。こうなるともはや剣がどこを舞っているかも見えなくなった。その時、戦いの休止を命じるラッパが、城から響いてきた。そして三人が自分の疲れた剣によりかかって立ち、そのまわりを騎馬の攻め手がとり囲んでいるところに、また新手の男たちが松明《たいまつ》をかかげながら、城から出てきた。そしてその後ろから、首のまわりに金鎖をつけた白髪の老人がやってきて、三人の騎士にむかってこう言うのだった。

「三人の方々、戦さのための明かりが、すっかり空から消えましたな。ですから、いまはしばし休戦の時ですぞ。わたしどもとともに、お城までまいられい。そして、お城で安全にお休みくだされ。闇がつづくかぎり、そなたらにも、乙女にも、危害をくわえませんぞ。朝になれば、こうして立っておられるその場所、その姿勢にもどって、戦いをつづけますのじゃ。剣をふりおろしてまたかまえる――そのあいだに、何の休みもなかったような顔をして、つづけますのじゃ」

するとアンコレットがこう言うのだった。

「あの人たちと一緒にまいりましょう。休戦のとりきめがあれば、安全ですわ。それに、わたしには予感があるのです――わたしたちは結局そうすることになるのだろう、という」

このようなしだいで、四人は老人、城の騎士たちとともに、長い通路をぬけて城に入っていった。そして城に入ると、名誉の客としての歓迎をうけた。やがて大広間の晩餐が終わると、老人がこの城の習慣《しきたり》について、もっとくわしく話すのだった。

「二年ほど前のこと、この城の奥方が――われらは、みな、この奥方の騎士ですが――世にも恐ろしい病気、癩《らい》病にかかってしまいました。われらはあらゆるところから薬師《くすし》を呼んでは奥方を診てもらいましたが、誰もこの病を癒せる者はおりませなんだ。策に窮したあげく、ある賢者におうかがいしたところ、乙女の血で湯浴《ゆあ》みすれば、奥方はめでたくもすぐにご回復なされるじゃろうとおっしゃるのじゃ。それも、高貴な生まれで、罪なことは行なったことも、考えたこともないというような乙女でなければならん、とな。じゃから、高貴な血につらなる乙女がここに通りかかれば、かならず大椀《わん》に一杯の血をいただくのじゃ。話はこれだけじゃ」

「だけど、いままでの乙女の血で、奥方は快癒されなかったのですね」

ボールスがきいた。

「おお、そのとおりじゃ。いままで通りかかった者どもに、誰も罪のない者はおらなんだのじゃろうて」

話が終わると、アンコレットは三人の騎士を自分のそばに呼んで、こんなことを言いだした。

「みなさん、こちらの奥方さまがどんなごようすなのか、お聞きになりましたわね。それに、わたしには奥方さまを癒す力があるのだということも。今朝、船がこちらの港までわたしたちをはこんで来た目的が何だったたか、これでわかりましたわ」

「そんなことをしたら」

と、ガラハッドがかえした。

「奥方の命を救うかわりに、そなたは命を失うことになりますよ」

「心得ておりますわ。でも、髪を切るようお告げがあった瞬間から、自分がどんな道をたどることになるのか、わたしにはわかっていたのです。ですから、わたしにとってかけがえのない三人の騎士さま、あなたがたのお許しがいただきたいのです。お許しと祝福をいただかないままに、このことを行なうのは辛いのです」

やむをえず三人は頭をさげて、アンコレットの望みをかなえてやるのだった。

するとアンコレットは大広間の一同にむかって、こう呼びかけた。

「みなさん、お歓《よろこ》びください。みなさんの奥方は、明日の朝、ふたたび元気になられます」

つぎの日の朝になった。四人はともにミサの礼拝にくわわった。そして大広間にもどってくると、城の人々は奥方を、臥《ふ》せっていた部屋から連れてきた。奥方が入ってくると、ボールスとパーシヴァルの胸の中には嫌悪感がこみあげてきた。そして奥方のヴェールがあがり、癩病《らい》におかされた恐ろしい顔があらわれると、わずかながらも、われ知らずあとずさりするのであった。ガラハッドだけがみじんもうろたえることなく、奥方にむかって重々しく頭をさげた。そしてアンコレットが前に進みでた。

「わたしを癒しに来てくれたのですね」

奥方の腐りただれた唇から、なかば崩れた声がでてきた。

「奥方さま、そのとおりでございます。覚悟はできています。椀《わん》を持ってくるよう、ご指示くださいませ」

昨日、騎士たちのあとについて城から出てきた同じ乙女が、同じ銀の椀《わん》をささげながら入ってきた。そしてポプラの若木のように、一同のまえにまっすぐに、優雅に立った。アンコレットは自分の腕を椀《わん》の上にかざす。老人がぴかぴかに研ぎすました小さなナイフをもってくる。アヤメの花びらに描かれた青い筋のように、白い肌を透けて静脈が青くうっている。老人のナイフがそんな一本を切り開いた。

真っ赤な血が噴き出した。椀《わん》はまたたくまにいっぱいになってきた。

ほとんどあふれそうになったころ、アンコレットの身体がふらふらと揺れはじめた。さながら冷たい風が吹いてきて、ポプラの細枝を揺らすかのようであった。アンコレットは奥方のほうに顔をむけた。

「奥方さま、あなたを癒すために、わたしは死ぬのです。わたしの魂のために、お祈りください」

言葉が終わらないうちに、アンコレットは気をうしなって、あおむけに倒れようとした。その瞬間、三人の仲間がさっとかけ寄ったので、アンコレットは彼らの腕の中に抱きとめられた。

三人はアンコレットをそっと寝かせた。そしてけんめいに出血をとめようとするのだった。しかしすでに、あまりに大量の血が流れすぎていた。

しばらくするとアンコレットが目をあけた。しかしいまやアンコレットが死のうとしていることは、誰の目にも明らかであった。アンコレットはパーシヴァルにむかって何やら話したいというそぶりをみせた。しかしあまりにか細く、力ない声だったので、パーシヴァルは身をかがめて、耳を妹の唇のすぐそばにもっていった。

「兄上、どうかお願いです。わたしが死んだら、この国には葬らないでください。置き去りにはしないでください。身体から命が失せたら、すぐにわたしを船まではこび、運命と風の導くままに、わたしを行かせてください。聖杯を求める冒険では、かならず最後には聖都サラスに行きつくはずです。ですから、お約束しましょう。お兄さんたちがそこにつくいたら、きっとわたしをお見つけになるでしょう。お願いです。ほかの場所ではなく、どうか、きっとサラスにわたしのお墓をつくってください」

パーシヴァルは泣きながら、きっとそうすると約束するのだった。

アンコレットはふたたび口を開いた。

「明日、三人は別々になって、それぞれの道をお進みなさい。どの道も、最後にはコルベニックの聖杯の城に通じているので、みなさんはそこでお会いになるはずです。これはわたしの口をとおして、神さまがお命じになっているのです」

アンコレットはほんのかすかにため息をついた。それとともに命がアンコレットの身体から去っていった。

いっぽう、奥方の方は乙女の血で湯浴《ゆあみ》すると、それから一時間もたたないうちにすっかり回復して、健康な身体をとりもどした。ただれ黒ずんでいた肌は、つややかに輝いている。奥方は若返り、かつての美貌をとりもどしたのだ。城内の人々はだれもが喜びにわきたったことは言うまでもない。

しかしガラハッド、パーシヴァル、ボールスの三人は、悲しくふさぎながら、自分たちのなすべき仕事にとりかかるのであった。

アンコレットの旅立ちの準備がととのい、儀礼上のこともすべて正しく行なわれると、三人は乙女の遺骸を柔らかな絹布をひろげた輿《こし》にのせ、港で待っている船まではこんだ。そして船の中央に寝かせた。ついでパーシヴァルは、みずから記した手紙を、乙女の組んだ両手のあいだにはさみこんだ。手紙には乙女が誰であるか、どのような事情で亡くなったか、乙女が聖杯探求の冒険にどのようにかかわったのか、などといったことがくわしく書かれてあった。どんな乙女だったかがわかれば、異国の浜で乙女の遺骸を発見した者はよりいっそうの敬意をもって遇してくれるだろう――このような思いから、パーシヴァルはこの手紙を記したのであった。

三人の騎士は、船を岸辺からつきはなした。そして静かに外海のほうに漂ってゆくのを見つめた。船が見えているあいだ、三人は浜辺に立ちつくした。そして船影がすっかり消えてしまうと、城にひき返した。

奥方と騎士たちは、城に入って休むよう三人にすすめた。しかし彼らはふたたび城に足を踏みいれようとはせず、自分たちの武具を外まで持ってきてほしいと頼んだ。そこでやむなく、城の人々が鎧《よろい》と武器、それにくわえてそれぞれのために一頭ずつの馬をはこんできた。三人は鎧《よろい》をまとって鞍にまたがった。そうしてふたたび旅をつづけるのだった。

ところがさほど進まないうちに、嵐の黒雲が空をおおい、まだ正午すぎだというのに、あたかも日暮れ時のように真っ暗になってきた。このとき、道のそばに礼拝堂《チャペル》が見えたので、三人は納屋のような建物の粗末な屋根の下に馬をつなぐと、礼拝堂《チャペル》のなかに入っていった。

入ったと思うまもなく、嵐の黒雲のはちきれそうな腹が裂け、雷鳴がとどろき、稲妻がはしり、雨がたたきつけんばかりに落ちてきた。三人は窓辺に立って、いまやってきた方角を眺めた。すると城の上で、大空がまっぷたつに割れ、稲妻の一閃とともに炎の塊が落下してきた。そしてものすごい嵐のうなりにもかき消されることなく、立ちならぶ城の塔が崩れおちる轟音がひびいてきた。

夜の間中、嵐が荒れくるった。しかし夜明けちかくになって、雷鳴がやみ、雲がわかれて流れ去ると、からりと晴れたおだやかな空となった。そしてまだ昇っていない太陽の光があたり一面に満ちあふれてきた。

三人の騎士は、城がどうなったのか確かめようと道をひき返した。城壁までやってきて見れば、門楼は焼け焦げ、崩れおちていた。敷地の中に入る。いたるところに崩れて落下した石材と、人々の死骸があるばかり——すべて神の怒りがうち倒したそのままの場所にころがっているのであった。

城の奥方も、せっかくとりもどした健康と美貌を、長くは保てなかったというわけである。

「聖杯の冒険は謎に満ちている。とても凡夫にははかり知れないことばかりだ」

パーシヴァルは妹のことを思いながら、しみじみと言うのであった。

三人は馬からおりて、それぞれの手綱を、中庭に落ちた屋根の材木にひっかけた。そして誰か生き残った者はいないかと、あちこち見てまわった。こうして、ついに、彼らは城の礼拝堂《チャペル》までやってきた。この建物の背後には、周囲を塀でかこまれた小さな墓地があった。そこには柔らかな緑の草がはえ、遅咲きの白バラが、とげとげの葉で墓石の上にはいあがっている。この心の落ちつく、ここちよい場所ばかりは、嵐が見逃してくれたようだ。騎士たちは墓石のあいだを歩きまわりながら、それぞれに刻まれている名前を読んでいった。そうして騎士たちは知るのだった——そこは、城の奥方のために命を奪われた乙女たちが眠っている場所だったのだ。

しばらくすると騎士たちは踵《くびす》をめぐらせて、馬のところにもどった。そして一緒に馬を進めた。やがて曠野《あらの》がつき、森の暗々《くらぐら》とした樹が三人の行く手に立ちふさがった。ここで三人は立ちどまり、いまわの際のアンコレットから命じられたように、お互いに別れを告げた。

「神さまのご守護がありますように。ふたたび、みながそろってコルベニック城で会えるよう、神さまのお導きがありますように」

こう言いかわした騎士たちは、それぞれ別の道をえらんで、森の中に入っていった。

しかし、ここで物語はガラハッド、パーシヴァル、ボールスと別れて、ふたたび、馬を殺され、大きな川のほとりに寝ているランスロットのもとにもどることになる。

第12章 コルベニック城にやってきたランスロット

ランスロットは大きな川のほとりで、岩影に寝ていた。そうして眠ったり覚めたりするはざまに、心の奥深くから声が聞こえてきた。

「さあ、ランスロットよ、起き上がるのだ。そなたを待っている船がある。鎧《よろい》をきて、のるのだ」

はっとして目をあけると、ランスロットは自分が明るい銀色の光をあびながら寝ているのに気づいた。月が上がったのだろうと、ランスロットは目を空にむけた。しかしそこに月はなかった。貝殻の中に潮騒のひびきが残るように、さっき聞いた声が、まだ、ランスロットの頭の空洞の中にこだましている。ランスロットは起き上がって、鎧《よろい》をまとった。こんなことをしているあいだも、ランスロットはずっと奇妙な銀色の光につつまれていた。そして光に照らされる範囲がしだいに広がってゆき、川のほとりまでのびていった。ついに、船が見えた。それは大きな白い海鳥のような姿で、葦《あし》のあいだにうずくまっていた。

ランスロットは土手をおりていった。すると、しだいに光がうすれてきた。そしてついにはふつうの夜とかわらなくなった。ただ葦《あし》とハンノキのあいだに目を凝らすと、蛾《が》の羽のようにぼやけた船の影が見えた。

ランスロットは船の上にのぼった。その瞬間、ランスロットにはそこの空気がかぐわしい匂いに満ちているように感じられた。それは、かつて聖霊降臨祭のおりにアーサー王の大広間にひろがった、世界中のあらゆる香料をすべてとりまぜたような香りであった。しかし、そればかりではなかった。そのほかにも、なんとも名づけがたい香りがまじっていた。たとえば五月の朝の香り、りんごの樹の焚火《たきび》の香り、それから、ランスロットがいまだ少年で、潔《いさぎよ》い名誉を身中にみなぎらせていたころに嗅《か》いだ、よく油をすりこんだ馬具のにおい――などが思い出された。一瞬、ランスロットは顔を歪めて、泣きそうになった。

しかしつぎの瞬間には、まるで籠《かご》から放たれた鳥のように、胸の底から喜悦《よろこび》がおどりあがってきた。ランスロットは祈った。

「主よ、主よ、主よ、あなたのお命じになるがままに行動いたしました。わたしはあなたの御手の中にあります。わが身をおあずけいたします。すべては御意のままです」

帆の中で風がめざめ、船は川面《かわも》をすべるようにして、海にむかった。ランスロットは腰をおろして船端《ふなばた》によりかかった。そして眠りの中へと漂っていった。これぞまさしく至福の眠りであった。

目が覚めると朝になっていた。どちらの方向に目をやっても、陸地の影はみえなかった。ランスロットは船の中を見まわした。たった一本のマストのうしろに、絹布でおおった低い寝椅子か、輿《こし》のようなものがあった。そしてその上には乙女が寝ていた。静かに眠っているように見えた。乙女が目を覚さないよう、ランスロットはそっと近づいた。しかし寝椅子のわきまでくると、乙女が死んでいることに気づいた。それだけでなく、ランスロットは乙女の手に手紙がにぎられているのが見えた。それはパーシヴァルが持たせた手紙であった。

そっと注意しながら、ランスロットは手のあいだから手紙をぬきとって開き、読みはじめた。この乙女はパーシヴァルの妹であること、パーシヴァル、ボールス、ガラハッドの三人が乙女の遺骸をここに安置したこと、そのほかにも聖杯探求の旅でそれまでに起きたもろもろの出来事などが記されてあった。読みおえたランスロットは、手紙を乙女の手にもどした。そうして乙女のわきにひざまずくと、朝の祈りを唱えるのだった。

聖杯探求の冒険で自分よりはるかに先に進んでいる三人がともにこの船にのっていたこと、また乙女も一緒であったことを知って、ランスロットの心に喜びがわきあがってきた。彼らは自分のために言伝《ことづ》てを残してくれたのだ、自分をひっぱり上げて自分たちの仲間に入れようと、手をさしのべてくれているのだと、ランスロットには感じられたのである。

こうして一月《ひとつき》以上のあいだ、ランスロットは船にのっていた。そして潮と風のおもむくままに、船は漂っていった。そしてこの間、船の上には食糧のたくわえはまったくなかったけれど、ランスロットは一度たりとも空腹を感じることがなかった。というのも、毎朝祈りが終わると、ランスロットは自分の身体が食物で満たされたように感じるのだった。

そしてこうなると、つぎの朝まではもはや何も必要なかった。またランスロットは、孤独を感じることもたえてなかった。それは乙女がまるで眠っているかのように、なんら変化することなくそこに横たわっているので、そこに生きた人間がいて、やさしく見まもってくれているように感じられたからである。こうして秋の嵐も、静かな夜の星も、波の歌も——すべて乙女と一緒に経験し、見て、聞いたように感じられたのだ。

ある夜のこと、船がふたたび陸についた。ほとんど海の縁《へり》まで、暗い森がおりてきていた。ランスロットは待った。何を待っているのかはわからない。しかし何かが起きるだろうという予感があった。そんなとき、ランスロットの耳になじみのある音が響いてきた。あれはきっとだれかが馬を駆って、森をぬけて来ようとしているのだろうと、ランスロットは思った。さわさわと落葉の散りしいた道をふむ柔らかな蹄《ひづめ》の音、それに低く垂れた枝をばさばさとわきにはらう音であった。

音が近づいてきた。もっと近づいてくる。そして、ふいに一人の騎士が森の樹々をぬけて、浜辺に飛びだした。船を見ると、騎士ははたと立ちどまった。騎士は馬からおりると、鞍をはずしてやり、どこにでも好きなところに行けるよう、自由にしてやった。そうして騎士は岸辺の草を踏みしだき、海辺の小石の上を歩いてくる。その急がず、ためらわず、悠揚せまらぬ足どりは、まるではるか以前から予定されていた約束の場所にむかうかのようであった。騎士の盾のうえに、月光が霜のように輝いている。純白の盾であった。そして中央にあざやかな十字が描かれてあった。世界からあらゆる色をぬすみとる、このような月の光のもとでも、この十字は鮮血のように紅《あか》く燃えていた。

こうしてランスロットは、盾に紅《あか》い十字を描いた騎士にふたたびめぐり会った。聖杯探求の冒険がはじまったころ、あれほど執拗に、そして必死になって追い求めていた騎士に、ようやくめぐり会えたのだ。

ランスロットの手は剣の方にぴくりと動いた。しかし鞘《さや》から抜きはらうことはしなかった。というのも、剣を抜くと乙女の眠りをさまたげるのではないか——どういうわけか、ランスロットはそんな気持ちに襲われたのである。騎士が船にあがってくると、ランスロットは声をかけた。

「騎士どの、ようこそ来られた」

相手の騎士は立ちどまった。そして帆の影にかくれたランスロットの方に目をやった。

「そなたに神のご加護がありますよう。どなたなのか教えていただきたい」

「わたしは湖のランスロットと呼ばれております。さあ、今度はそなたの番ですぞ。そなたがどんな名前で呼ばれているか、教えてください」

答えるかわりに、相手は緒をといて兜《かぶと》を脱いだ。皓々《こうこう》たる月の光が顔におちると、ランスロットは足を前にすすめて、帆の影から姿を現わした。二人はじっと立ったまま、お互いを見つめた。あの聖霊降臨祭の日に、修道院の客間で出会った瞬間の再現であった。

若い騎士は、相手の奇妙に歪んだ顔を見た。片方の眉が隼《はやぶさ》の翼のように水平にぴんとのび、別の眉が野良犬の耳のようにとびはねているのは、以前とかわらない。しかしいまは全身がやつれ、やせこけ、まるで骨と魂だけになってしまったかのようであった。また、老いた騎士も相手の顔を見た。以前は少年であったが、いまはすっかり大人の顔になっている。それは重々しくも美しい顔であった。しかしそこには柔らかな皺はただの一本もなかった。そして不動の心の確信が透けて見える顔であった。こんな顔をした人間は、いままで見たことがない。若い騎士と老いた騎士――二人の顔から、うりふたつのそっくりな目が互いをじっと見つめているのだった。

ランスロットが叫んだ。

「ガラハッド！　そうか、そなただったのか」

するとめったに笑わないガラハッドが、わずかに頬をゆるめながらも、悲しそうにこたえた。

「お赦《ゆる》しください、父上。わたしだったのです」

二人は互いのからだに腕をまわして、ぎゅっと抱きあった。そしてしばらくはどちらも口を開かない。何を言ってよいものやら、言葉が見つからないのだった。

ふいに、二人が同時にしゃべりはじめた。そして、夜どおし、二人は船首《へさき》に寄りかかりながら、聖杯探求の旅に出てから自分の身におきたことの一部始終を話すのだった。そしてガラハッドは、ボールスとパーシヴァルのこと、さらに乙女アンコレットのことを話した。乙女の手にはさんだ手紙に書ききれなかったことは山ほどあったのだ。こうして二人がなおも話しているうちに、朝陽《あさひ》が昇ってきて、もうつぎの日になっていた。

この年の冬のあいだ中、ランスロットと息子のガラハッドはその船の上でともにすごすことを許された。この地上で生きる時間の中で、父と子がともにすごせるのはこの時だけであることが、運命によって定められていたのである。

船が人間の世界からはるか離れた島や、未知の岸辺に流れついたことは、数知れなかった。また、二人がともに陸にあがって出会った、奇妙で不思議な冒険も数えきれないほどだ。しかし、この物語はそうした冒険の詳細には立ち入らない。その理由は、それらを語っていると時間がかかりすぎるばかりで、聖杯の神秘には一歩たりとも近づくことができないからである。それはともかく、二人はいつも船にもどってきた。するとそこには、いつも、眠っているような乙女の遺骸があった。またときには、ガラハッドが自分の肉体を置き去りにして、心の中《うち》なる蕭々《しょうしょう》たる砂漠の中にひきこもってしまうこともあった。しかし、いまでは、ランスロットはガラハッドのことがよくわかっていたので、そんなガラハッドを自由にさせておいた。こうして父子の絆《きずな》はいよいよかたいものとなっていった。

このようにして時間がたってゆき、春になった。復活祭がきて、すぎていった。まるはだかだった森の樹々に若葉がいぶきはじめ、枝のあいだに鳥の歌がひびくようになった。そんなとき、ふたたび陸が見えてきた。船が岸辺につくと、一人の騎士が樹々のあいだから姿を現わした。騎士は大柄な戦馬《いくさうま》にのり、右手で別の馬の手綱を引いていた。こちらの馬は、森のはずれに咲いている楚々《そそ》とした梨の花のように、真っ白であった。

ランスロット父子が船の甲板の上で待っているのを目にすると、騎士は駆け足でやってきた。そして手綱を絞ると、ガラハッドにむかって話しかけた。

「騎士どの、父上とともにすごすために、そなたに許された時間は終わりました。さあ、その船をあとにして、馬におのりください。聖杯の探求が待っております」

ガラハッドは父親の肩のまわりに腕をまわした。まるでガラハッドの方が力がつよく年上のようであった。

「いつかはこうなると、わかっていました。心がとても痛みます。お父さんとこの世でふたたびお会いすることは、もはやあるまいと思います」

こう言うとガラハッドは岸にあがっていった。ランスロットは甲板に根がはえたように立っている。心の中の悲しみのせいで、明るいはずの春の日が真っ暗になってきた。

「どうか、わたしのために祈ってくれ。この世でも、来世でも、わたしが神の信仰をたもつことができるように」

ガラハッドはこうこたえるのだった。

「お祈りしましょう。あなたはわたしのお父さんだもの。わたしたちのあいだには愛があるし、それにお父さんのたっての願いなのですから。でもお父さんご自身の祈りの力は、とても強いのですよ。ご自身が祈られれば、たしかに信仰をたもつことがおできになるでしょう」

こう言うと、ガラハッドは馬にまたがり、郭公《カッコウ》が歌う森の中へと姿を消した。いっぽう言伝《ことづ》てをたずさえてきた騎士は、別の方向に消えていった。

ランスロットが息子の後ろ姿を見つめていると、突風が船の帆をふくらませた。またたくまに船は岸をはなれた。こうしてランスロットはまた一人になり、あとには、乙女アンコレットの遺骸が残されているばかりだった。

ランスロットはアンコレットの遺骸のそばに膝をついた。そして祈った。それは、これまでのランスロットの祈りとはまったく違っていた。もっと謙虚に、もっと激しく、切迫した願いをこめながら、祈った。いまだ神さまの愛から見捨てられていないのであれば、いま一度《ひとたび》、聖杯を見せてください。路傍の十字架で寝ていた時のようにではなく、しっかりと聖杯をお見せくださり、わが心と魂が生き生きとこたえることができますように、と祈ったのであった。

いつまでも、いつまでもランスロットは祈りつづけた。昼も夜もなかった。眠るために祈りを中断することも、ほとんどなかった。そんなある夜のこと、ほんのわずかの時間、祈りをやめたときに、ランスロットは自分がもはや海にいるのではなく、川の上流にさかのぼってきたことに気がついた。かつては洋々と流れる、大きな川だったにちがいない。しかしいまは、見る影もなく枯れ果てていた。船は深くえぐれた入江の中へと漂っていった。そこはけわしい岩にとりまかれた小さな入江で、のしかかるように大きな城がそびえ立っていた。

ランスロットは目をあげた。ここはコルベニック城の裏側だと、ランスロットは思った。

コルベニック城。そこは若かりしころ、ランスロットがエレインとともに過ごした城、息子のガラハッドが生まれた城でもあった。あれから二十年たったいまでも、記憶からうすれてはいない。しかし、それでいて、それはランスロットが憶えているコルベニック城ではなかった。何かが違っていた。ランスロットははるか上に目をやった。川岸から裏門につうじる、岩をけずった階段を目でたどってゆく。すると門が大きくあけ放たれているではないか。そして目を凝らして見れば――明るい月光をあびながら――門はしっかりと衛《まも》られていた。敷居の前で、二頭のライオンが向かい合って立っているのだ。

ランスロットがいったいどうしたものか迷いながらたたずんでいると、月光の中から神の声がきこえてきた。

「ランスロットよ、そなたにもそろそろ船を去るときがきた。城に上がってゆけ。そこは、そなたが心から願っていた場所だ」

ランスロットは大急ぎで鎧《よろい》をきた。そうして自分が持ってきたものは何も残さないように注意しながら、もう一度、乙女アンコレットの遺骸のほうに別れの視線をむけた。そして岸にはい上がった。ランスロットが岩の階段を上ってゆくと、船は川の中ほどへと漂っていった。そして、ふたたび、海をめざして流れてゆくのだった。

階段を上りきったところに、二頭のライオンが待っていた。ランスロットは剣の柄《つか》に手をかけて、身がまえた。しかし剣を抜くまでもなく、ライオンは後ろにさがって道をあけ、まるで猟犬のように地面にぺたりと尻をおろした。ランスロットはライオンとライオンのあいだをぬけて、城市《まち》にはいった。そして急な坂になっている大通りをのぼって、城までやってきた。いまは真夜中だった。空には月がかがやき、城市《まち》でも城でも人はすべて寝静まり、門番の姿さえない。そしてあらゆる門が大きく開いている。まるでランスロットの到来を待ちうけていたかのようであった。大広間に通じる石の階段を、鎧《よろい》をまとったランスロットの足が踏むと、うつろな音が丸天井にこだました。しかし、そこに来るのは何者だ、と呼ばわる者もいない。

こうしてランスロットは、月に照らされた床の上にのびた自分の影を追いかけるようにして進んでいった。そして、やがて、まったく見覚えのない場所までやってきた。目の前に、また、上り階段が現われた。

ふたたびランスロットは上る。上りきると、そこには閉じた扉があった。ここまで来るあいだに、閉じた扉に出会うのは、これがはじめてだった。ランスロットは押した。しかし、扉は開かない。

幾度も、幾度もランスロットは押した。この扉にはかけ金すらなく、ランスロットがどんなに力をこめて押しても、まったく動いてはくれない。かたい石壁を押しているようなものであった。

こうしてランスロットが、つぎにどうすればよいのだろうと必死になって考えていると——というのも、探し求めているものに達しようとするなら、この扉を開かなければならないのだという思いが、一つの確信としてランスロットの心をとらえていたのだ——一節《ひとふし》の音楽が、不動の扉のむこうから聞こえてきた。それは、この地上で聞かれるどんな歌よりも甘美な音色《ねいろ》であった。そして、このきらきらときらめくようなリズムの中に、

《讃《たた》うべきかな、褒《ほ》むべきかな、敬うべきかな、なんじ天なる父よ》

という言葉が織り込まれているのが聞こえたと、ランスロットには感じられた。もう胸が破裂しそうだとランスロットは思った。聖杯が扉のむこうにあることがわかっているのに、ランスロットはまたしても締め出されてしまったのだ。

ランスロットは扉の木にくっつかんばかりにひざまずいた。首を垂れ、両手の中に顔をふせて祈った。

「神さま、わたしは自分の罪の重さを感じています。しかし、もしもたった一度でもあな

たのお気にめすことを行なったことがあるなら、わたしのことを憐《あわ》れにおぼしめして、長い旅路の中でひたすら追い求めてきたものから、わたしを締め出さないでください」

何かが動くような、かすかな音が聞こえたような気がした。ランスロットは両手の中に埋めていた顔をあげた。そのときランスロットは、まるで太陽をまともに見つめたかのように、目がくらんでしまった。扉は大きく開いていた。そして扉のむこうの部屋は、暗い城の奥に咲いた黄金のバラのように、明々と燃えていた。光が洪水のようにあふれだしてくる。そこには花と蠟燭《ろうそく》と歌声があった。えもいわれぬ美しさにランスロットはさしつらぬかれ、つつまれ、ひきずりこまれたので、思わずよろよろと立ち上がり部屋の中に入ろうとした。そのとき、また声が聞こえてきた。

「ランスロットよ、さがるのだ。見ることは許されているが、入ることは、そなたには許されていない」

ランスロットは心の底から憧れていたその場所から、身をひいた。そして敷居の上でうやうやしくひざまずくと、なかをのぞきこんだ。

後になると、自分はほんとうに花や蠟燭《ろうそく》を目にしたのだ、じっさいに歌を耳にしたのだと、はっきりという自信はランスロットにはなかった。そればかりか、このとき、部屋中のいたるところで天使の翼が虹のように輝いていたのが見えたのも、現実だったという確信がもてなかった。しかし、このことだけはまちがいなかった。すなわち、ランスロットがそこにひざまずいて見ていると、炎と美の中心に、銀襴織りのヴェールの下にかくれながら、聖杯がふたたび現われたのだ。

　そして聖杯の前にひざまずいている、老いた司祭がいた。それはヨセフスその人だったかもしれない。あるいは、そうでないかもしれない。この場所には時間というものが存在しないように思われた。また、この世に生きている者と天に住んでいる者をへだてる壁もないようだった。しかしランスロットはそんなことを考えるどころではなかった。ランスロットは、ただ、この司祭はミサをとりおこなっているのだ、それから、ミサが山場にさしかかり、司祭が立ち上がり、葡萄酒《ワイン》の杯を高くかかげながらぐるりとふりかえった時、部屋の中にはほかにも三人の者がいるのだ、と思ったばかりであった。これはきっとボールス、パーシヴァル、ガラハッドだろうと、ランスロットは一瞬のあいだ思った。三人はまばゆいばかりに輝いていたので、そちらに目をむけることはできない。しかしランスロットには、すぐに、この三人が仲間の騎士たちではないことを確信した。司祭が手をさしのべ、その手の中に、二人が三人目をのせようとしていた。つぎの瞬間、ランスロットにはわけがわからなくなった。司祭が三人目をささえているのであろうか？　それとも、司祭自身が三人目で、司祭はなにか別のものを持っているのであろうか？　しかしそれは、ささえている人物には重すぎたようだ。その人物は身をかがめ、ほとんど地面にくっついてしまった……

このとき、ランスロットは部屋に入ってはいけないと言われていたことを、すっかり忘れてしまった。手伝わねば――すこしでも重みを担ってあげなければという思いで頭の中がいっぱいになった。ランスロットは立ち上がり、両手を前にさしだしながら、よろめく足で敷居をこえた。

一陣の風がランスロットに吹きかかった。それは炎の風だった。ランスロットは炎に焼かれ、目が見えなくなった。四方八方から暗闇がおしよせてきた。そして誰かの手が――いくつもの手が――自分を部屋から押し出そうとするのを感じた。ランスロットは階段のいただきで大の字にのびてしまった。そしてそのまま暗闇に呑《の》みこまれていった。

第13章　水の解きはなたれる時

つぎの日、城が目を覚まし、ふたたび人々が忙しく立ち働きはじめると、聖杯の部屋の扉の外に、ランスロットがまるでひどい一撃をくらったかのように、気を失って倒れているのが見つかった。この人物が誰かということはすぐにわかった。二十年という歳月のへだたりがあったにせよ、年寄の騎士たちの多くはランスロットのことをよく憶えていたからである。しかし、ランスロットがどうしてこのようなところに来たのか、なぜあのような状態になったのかということについては、誰の知るところでもなかった。ただ、きっと聖杯を追い求めていたのだろうという想像がついたばかりである。

人々はランスロットを城の日常のざわめきから遠い、櫓《やぐら》の部屋へとはこんだ。そして寝台にねかせ、鎧《よろい》を脱がせると、どこが傷ついたのだろうかと身体中を調べた。しかし見つかったのは銀色に光っている古傷ばかりであった。ランスロットは、猟の場数を踏んだ老いた猟犬のように、全身いたるところ傷だらけであった。

そこで人々はランスロットに上がけを着せ、意識がもどるまで、そのまま眠らせておくことにした。ただ休ませる以外に、どんな打つ手もなかったからである。こうして夜また夜がおとずれ、日に日がかさなってゆく。その間一刻も休むことなく、ある時は陽《ひ》の光をあびながら、あるときは雨の音を聞きながら、またあるときは銀のランプの明かりのもとで、誰かが見まもりつづけたが、ランスロットはぴくりとも動かなければ、うわごとすらもらすことがなかった。そして、あちこちで、上はうら若き乙女だったころにランスロットのことを知っていた王室付きの侍女から、下は、自分ではランスロットを見たことがないものの、犬番の老人からたっぷり噂を聞いていた若い料理番にいたるまで、世に最高の騎士がかくも哀れなありさまとなり果てたことを悲しんで、人々は涙を流すのであった。

二十四度《たび》の昼が過ぎ、二十四度《たび》の夜が去った。こうして二十五日目の正午に近いころ、ランスロットは目をひらき、顔を生きいきと輝かせながら周囲を見まわした。聖杯の部屋で見たものが、ひょっとしていまも見えるのではないか――そう思っているような表情であった。しかしつぎの瞬間には顔から輝きが失せた。それは、ランスロットが自分の敗北を知り、それを甘んじて受けとめる覚悟をきめた瞬間であった。

ランスロットは寝台のまわりの人々に目をやった。そしてたずねた。

「わたしはどうしてこの部屋にいるのです？　いつからいるのです？」

そこで人々は、ランスロットがやってきた状況について知っているかぎりのことを教え、どれほどのあいだ死んだように寝ていたかを話した。

するとランスロットは、自分は旅をつづけねばならないと言うのだった。

まず身体に力をつけなければと、食物がはこばれてきた。ランスロットがそれを食べおえると、一人の乙女がランスロットのために、新しい麻の上衣を持ってきた。しかしランスロットは、寝台わきのたんすの上に目をやった。そこには、半年以上にわたってずっと身につけてきた、苦行のための毛衣《けごろも》があった。ランスロットは、立派な麻の衣ではなく、毛衣《けごろも》の方を手にとった。

ランスロットのまわりに集まった人々の中に、優しい老騎士がいた。

「わたしたちの中には、言葉で語りきれないことを知っている者がいます。もはや、あなたがそれを身につける必要はありません。あなたにとって、聖杯追求の冒険は終わったのです。あなたは、許されたかぎりの道を進んでしまったのです」

ランスロットは老騎士をみて、にこりと微笑んだ。顔の片側だけがゆるむ、おなじみの微笑みであった。

「それは、わたしにもわかっています。わたしには、もはや、帰り道しかないのです。だけど、この苦行の衣を着ようと思いたったのは、ただ聖杯を求める旅のあいだだけというつもりではありませんでした。もし許されるなら、わたしに残された生涯のあいだ着つづけようと思ったのです」

こう言いながら、ランスロットは馬の毛を編みこんだごわごわの衣を肌の上にまとった。そして、その上から高級な麻の上衣を着た。それを持ってきてくれた乙女の気持ちを傷つけてはならないという、心やさしい配慮であった。さらに、この上に、これまたランスロットのために用意されてあった真紅の羊毛の長衣《コート》をはおるのであった。

さらに四日のあいだランスロットは、力をとりもどすために、コルベニック城にとどまった。そして五日目の朝、ランスロットは自分の鎧《よろい》を持ってきてほしいと言いだした。いまはアーサーの宮廷にもどりたい、もう一年以上も留守にしているから、と言うのであった。

そこで従者がランスロットの鎧《よろい》と武器を持ってきて、身に帯びるのを助けた。ランスロットが城の中庭におりてゆくと、そこには、燃えるような精気の、栗毛の駿馬《しゅんめ》がいて、従者が手綱をもって石畳の上を行ったり来たりさせている。

「聖杯を守る王、《手負いの王》――すなわちペレス王からの贈り物です」

「王さまにどうかわたしの感謝の言葉をお伝えください。神さまのご加護がありますよう」

こうしてランスロットは馬にまたがり、聖杯の城をあとにして、またもや路上の人となった。

しかし、ランスロットはすぐにアーサー王の宮廷に帰ったのではなかった。自分にとって聖杯を求める旅が終わってしまったということは、ランスロットにはよくわかっていた。とはいえ、いま馬の首をめぐらせて宮廷をめざすことには、心の抵抗があった。帰ったら、円卓のまわりに空席がぽつりぽつりとあいているのを見なければならないだろう。ランスロットはそれが怖かった。それに、また、グウィネヴィア妃にふたたび顔を合わせなければならないことも怖かったのだろうか⋯⋯それはともかく、これだけ努力し、奮闘したのだから、もう一度日常の世界にもどるには、骨を休め、心を準備させる期間が必要であった。

それればかりではなかった。ランスロットの胸には、まだ何かが起きる、まだ何か待つべきものがあるという予感があった。このようなわけで、夏がすぎ、秋が逝《ゆ》き、そうして冬が果てるまで、ランスロットは《荒れ地》の国をさまよいながら、つぎつぎとやってくる冒険に身を投じたのであった。そうしながら、ランスロットは待っていた。何かは知らないが、つねに待ちつづけた。こうしてふたたび春が――《荒れた森》の乏しく、うらぶれた春が――めぐってきた。

ランスロットは、ガラハッドとボールスとパーシヴァルが、ふたたび一緒になって、ともに馬を進めている姿が目撃されていると、炭焼きの男から聞いていた。これは、三人にとって聖杯探求の冒険が成就するときがまぢかにせまっている前兆であろうと思い、ランスロットは喜んだ。しかしランスロットは三人のあとを追おうとは思わなかった。自分のゆくべき道はそちらの方にはつながっていないことが、ランスロットにはわかっていたからだ。

ある夜のこと。村からも、隠者の庵《いおり》からも、樵夫《きこり》の小屋からも遠く離れたところで、食べるべき夕食もなく、眠ろうとして、ランスロットは半分腐りかけた柳の樹の下に身を横たえた。すぐそばに、ほとんど枯れはてた小川の、最後の水たまりがあった。ランスロットがこの場所をえらんだのは、ここならば多少なりとも馬に食べさせる草がはえているからであった。

ランスロットは盾を枕にして寝た。そして夢をみた。

夢の中で、ランスロットはコルベニック城の聖杯の部屋の敷居にもどっていた。そして前の時とおなじように、部屋の中の出来事を見ているのであった。しかし今度は、ガラハッド、パーシヴァル、ボールスがそこにいた。また、寝椅子の上には、ペレス王その人が横たわっている。部屋の中は明るい光にあふれ、えもいわれぬ歌が流れており、そのあまりの美しさに、ランスロットの頭はまばゆい雲がかかったようになり、この輝かしい場面の中心を見ることはできなかった。しかし前回と同じように、そこではミサが行なわれていた。聖杯が見えた。また、その横には槍があり、刃からは赤い血がしたたっていた。なにか声が聞こえてきたというわけではなかったが、三人の騎士は聖杯を聖都サラスにもどすよう命令をうけているのだということが、ランスロットにはわかった。もともと聖杯は、はるか昔にサラスからはこばれて来たのであり、そこにもどせば、聖杯はさらにそれの本来あるべき場所にもどることができるのである。ついで、また別の命令がくだった。今度はガラハッドだけに向けられた命令であった。ガラハッドは槍を手にとり、それを《手負いの王》のところまで持っていった。そして刃からしたたる血を、王の腿の上の裂けた傷口にたらした。するとペレス王はすっかり回復し、それまで寝ていた寝椅子から元気に立ち上がった。そして、そのとき、ランスロットはやっと声が聞こえたような気がした。あるいは、それはまた別の声だったのかもしれない。

《いまは水が解きはなたれ、川が流れるであろう。荒れ地は小麦を育て、家畜は多くの子をなすであろう。そして樹々には夏の葉が青々としげり、鳥が歌うであろう》

ランスロットの目が覚めた。目の前にくりひろげられている光輝《こうき》にみちた場面の、まばゆい中心だと思っていたものが、ま横からランスロットの眼を射る夜明けの太陽のまぶしい光にかわった。鳥が歌っている。《荒れた森》ではいままで鳥の歌声など聞こえたためしがなかったが、いまは鳥たちが、まるで世界の夜明けをことほぐかのように歌っている。さらに、別の音がランスロットの耳にとびこんできた。さらさらと水の流れる音だ。ランスロットは片肘の上に身をおこして、あたりを見まわした。こうして眺めているあいだにも柳の枝に若葉がひらいてゆくのが見えるような気がしたが、そんな緑の霞《かすみ》のむこうに、川の流れが見えた。昨晩まではよどんだたまり水が点々と見えるだけであったが、いまは、水が速く深く流れていた。ランスロットの大きな馬は柳の枝の下をくぐって、水を飲みにおりていった。

ランスロットは、自分の見た夢は現実におきたことなのだと思った。《手負いの王》は健やかなからだをとりもどし、それとともに王の国も健やかな状態にもどったのだ。そして聖杯は本来の場所にもどり、それとともにガラハッドたちもその場所に行ってしまった。待べきつ時は終わった。ランスロットは口笛をふいて馬をよび、鞍をつけた。そうして鞍にまたがると、馬の首をキャメロットにむけた。

そしてここで物語はランスロットと別れ、ガラハッドとボールスとパーシヴァルの話となる。

第14章　聖杯

ガラハッド、ボールス、パーシヴァルが経験したことは、まさしくランスロットが夢にみたことそのままであった。ただし、ランスロットにとってはあまりに輝かしい光に満ちていて、目を向けることすらできなかったことも、三人にはすべて目で見て、耳で聞くことが許されたのであった。そして三人の魂は、鞘《さや》から半分抜かれた剣のように、高められ、自由な飛翔を許されるようになった。

そして神の声に命じられたように、三人は鎧《よろい》をまとい、大きな川をくだってゆき、海岸にたっした。

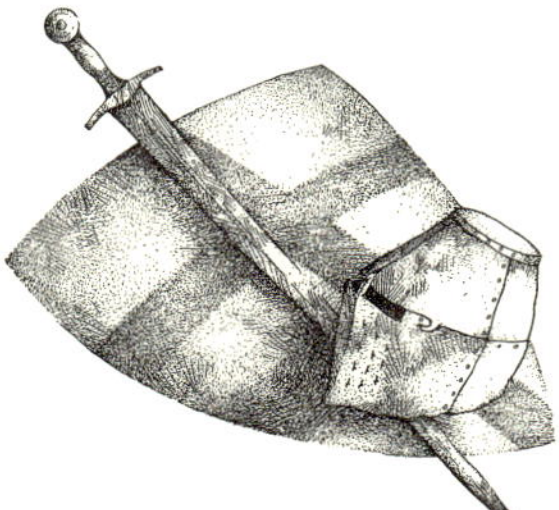

するとそこには、ガラハッドに剣をあたえた、誇り高き船があった。船の中をのぞきこむと、あいかわらず日よけの下に寝台があり、頭の方には依然として王冠がのっていた。しかし足の方の、ガラハッドが古い剣を置いた場所には、銀のテーブルがのっている。それは、彼らがはるか後にしてきたコルベニック城の聖杯の部屋にあったものだった。そしてこのテーブルの上には、真紅の金襴のヴェールをかぶって、聖杯そのものがあった。

「兄弟よ、われらの最後の旅路だ。神がわれらとともにあらんことを」

とガラハッドが言った。そして三人は船にのった。

するとただちに、おなじみの強い風がどこか天のはるか遠い隅《すみ》で目を覚まし、船の帆に吹きこんできた。そしてあっというまに船は陸を離れ、波の上を矢のようにすべっていった。

幾日も、幾日も、このような航海がつづいた。しかし聖杯とともにあるあいだ、三人の肉体が空腹を感じることは決してなかった。そして、ついに、ただの一度《ひとたび》も陸を見ることなく、突如として帆から風が落ちたかと思うと、船はゆったりとただよいながら、大きな都市《まち》の港に入っていった。美しく、輝きに満ちているところからして、そこはまさしく聖都サラスにちがいなかった。ここが聖都、すなわち神聖なる都と呼ばれるのは、そこがいわば神の国に入る敷居のような位置にあったからだ。

船が波止場に横づけになると、ふたたび神の声が聞こえてきた。

「さあ、船を去るのだ。銀のテーブルと聖杯を持って、都市《まち》にはこびこめ。この都市《まち》の王冠にあたる教会につくまでは、一度たりともそれを下におろしてはならない。教会に入ったら、聖杯をかつての安置場所に置くのだ」

三人は力をあわせて銀のテーブルを持ち上げ、陸にあがった。するとその時、さらに一艘《そう》の船がすべるように港に入ってきた。三人はそちらに目をむけた。白い銀襴の帆が朝の太陽をあびて輝いている。そして乙女アンコレットの遺骸が船の中心に横たわっていた。何か月も以前に彼らが寝かせた、そのままの姿であった。

「たしかに、乙女は約束を守ったのだ」

と、ガラハッドが言った。

そうして、ボールスとパーシヴァルが前に立ち、ガラハッドが後ろをささえながら、三人は聖杯をのせた銀のテーブルをはこびはじめた。蜂の巣のような黄金の家々のあいだの急な坂道をとおり、聖なる都市《まち》に入ってゆく。しかし一歩進むごとに、銀テーブルと聖杯の重みが増してきた。そして聖なる都市《まち》の市門のまぢかまできたころには、三人は疲れはて、力つきる寸前であった。

そのとき、市門の通路の丸天井の下に、びっこの乞食が座っているのが見えた。この男の腰はひどくまがり、手足がねじくれている。そして松葉づえと、ほどこしの椀《わん》が男の前におかれてあった。男に気づくと、ガラハッドはこう呼びかけた。

「友よ、こちらにきて、このテーブルの四つ目の隅《すみ》を持ってくれないか。はこぶのを手伝ってくれ」

「おお、お手伝いしたいのはやまやまですが、わたしのこのありさまを見てください。もう十年このかた、助けなしで歩いてはおりません」

「わたしたちのありさまを見てごらん。もう疲れはててしまったのだ。このささえているものの重みに、圧《お》しつぶされそうだ。恐れることはない。さあ、立ち上がってみるのだ」

男の目が金襴のおおいに包まれた聖杯にじっと向けられた。このとき、あたりの人々には、金襴の布の下で何かが輝きはじめたように見えた。それは太陽の光ではなかった。この狭い街路は、すっかり軒をつらねる家々の影の中に沈んでいたからだ。男はわずかに哀れな声でうめいたものの、ゆっくりと立ち上がった。そしてなおもふらふらとしてはいるものの、まっすぐな姿勢になった。これほどまっすぐに身体が伸びたことなど、かつてなかったのではあるまいか。そして力が、男のからだに潮《うしお》のように満ちてきた。男は大喜びでとんできて、銀テーブルの四つ目の隅《すみ》に手をそえた。すると、その瞬間、テーブルにはまったく重みがなくなったように感じられた。

こうして四人は市門をくぐり、神聖な都市《まち》へと入っていった。喜びにあふれかえった群衆が、四人のまわりに集まってきた。そして彼らが何をはこんできたのかという話が、そして乞食の不具が癒されたという噂が、サラスの町から町へと鐘が鳴るように伝わってゆくと、四人が一歩足を進めるごとに、どんどん群衆の数がふくらんでくるのだった。彼らは大きな教会までやってきた。そこは、いうなれば、この都市《まち》の生ける心臓であった。そうして高い祭壇の前に、聖杯をおろした。このようにぶじ命令を果たした三人の騎士は、ふたたび港にひきかえした。もう一艘《そう》の船が彼らを待っているのだ。

港にも大勢の人が集まっていた。そして驚異と畏怖のまなざしで、船をじっと見つめている。ガラハッドと二人の仲間は乙女が寝ている輿《こし》を持ち上げ、群衆で混雑している急な坂道をのぼり、聖なる都市《まち》の教会へとはこんでいった。教会には司祭たちが集まっていた。三人の騎士は、乙女の輿《こし》を聖杯のそばにおろした。するとステンドグラスの高窓からさしてくる光で、乙女の純白のまといが、バラ、ジギタリス、アヤメなど、さまざまな夏の美しい草花の色に染まるのであった。

この教会の祭壇の前に、乙女は葬られた。そして王の娘にふさわしい、盛大な儀式がとりおこなわれた。

しかしこの噂が、都市《まち》を治めるエスコラントという名の王に伝えられると、王は騎士たちを呼びつけて、とんでもない噂を耳にした、いったいどういうことなのだと、居丈高《いたけだか》にたずねた。騎士たちはどの質問にも正直にこたえた。そして聖杯探求の物語をすっかり話してきかせた。しかし、エスコラント王の魂の目はまるでくもっていた。王はいま聞いた話を一言《ひとこと》も信じることなく、騎士たちのことを詐欺師よばわりして、あしざまに言いなすと、衛兵を呼んで、三人の騎士を牢に投げ入れてしまった。

「ここにいて、腐り果てるがよい。もっとまともな嘘を考えるのだな」

一年のあいだ、騎士たちはこの牢ですごした。しかしヨセフとその一族がブリテンの島で囚人《とらわれびと》となったときもそうであったが、神が聖杯をつかわして、牢につながれた騎士たちをなぐさめ、養ってくれたのであった。

この一年が終わろうとするころ、エスコラント王は重病にかかった。そして自分の死がまぢかにせまっていることを悟った。そして地下牢に閉じ込めてある三人の虜囚のことを思い出した。王は心をいれかえた。そしてガラハッド、パーシヴァル、ボールスを連れてくるよう命じた。地下牢の泥、幽閉の垢にまみれた三人が目の前に立つと、王はむごい仕打を赦《ゆる》してほしいと懇願するのだった。

三人は何のこだわりもなく、王のことを完全に赦《ゆる》した。ほかの二人にくらべてかたくなところのないではないボールスさえもが、赦《ゆる》しの言葉を述べた。すると、それから一時間もたたないうちに、王は息をひきとった。

エスコラント王には、跡をつぐべき息子がいなかった。そこで王の遺骸が立派な墓におさめられると、サラスの人々はつぎの王を誰にすべきか、頭を悩ませはじめた。そして、ガラハッドに白羽の矢がたった。ガラハッドと二人の仲間が聖杯をサラスに持ち帰ったこ

と、ガラハッドが市門の前でびっこの乞食を癒したことを考えれば、

「ガラハッドほど王にふさわしい者など考えられない。そんなことは当然だろう」

と言うのであった。

長老たちがやってきて、このことをガラハッドに告げた。するとガラハッドは、

「すべてわたしの行なったことではありません。神の力によってなされたのです」

とこたえた。

これにたいして、長老たちはこう返すのだった。

「たとえそうであっても、もう一つ別の理由があります。エスコラント王には生まれからいえば、王位につく資格はありませんでした。ところが、あなたは、アリマタヤのヨセフの血につらなるお方でいらっしゃる。そしてはるか昔にヨセフがこの都市《まち》に持ちきたった聖杯を、あなたは、また、この都市《まち》まで返してくれたのです。ですから、このとても不思議な冒険のしめくくりとして、たとえ一日でも、あなたが重い黄金の冠を額にいただくことは、とても道理にかなったことなのです」

こうしてガラハッドはサラスの王となった。これほどガラハッドの意に満たぬことはな

かった。そして黄金の王冠を額にかぶると、それはイバラの花環のように感じられるのだった。

戴冠式のつぎの朝、ガラハッドは夜が白みはじめるとともに起き上がり、これまでさまざまの試練と冒険をくぐりぬけてきて、ところどころすりきれている鎧《よろい》を身にまとった。ただし兜《かぶと》はかぶらず、鎖の頭巾《フード》も肩に垂らしたままなので、頭は露出したままだ。こうして支度がととのうと、ガラハッドはボールスとパーシヴァルを呼んだ。そして三人がそろうと、宮殿を出て、聖都の中心にある教会にむかった。

高い尖塔のある大きな教会に、三人は入っていった。時あたかも、東にむいた窓のガラスに、鮮やかな色彩が目覚めつつあるところであった。三人は高い祭壇を真正面に見ながら立った。聖杯がいつもの場所にあった。こうしてそこに立っていると、司教の祭服をまとった人物の姿が目にうつった。三人の騎士には、この人はコルベニック城の聖杯の部屋でみた司祭と同じ人物であるように感じられた。そして、司教の方でも三人のことを知っているようであった。というのも、三人が敷居をまたぐと、すぐに、その人物は三人に話しかけてきたのだ。あいさつがすむと、司教は、いまやサラスの王にかつぎ上げられてしまったガラハッドの方にむいた。

「ガラハッドよ、さあこちらへ。そなたがこいねがっていたものを見るのだ。そして神秘にくわわるのだ」

ガラハッドは近づいていった。二人の仲間もすぐ後ろからついてゆく。司祭が聖杯のおおいをはずし、ガラハッドの方にさし出した。ガラハッドはひざまずき、聖杯にじっと見入った。

ガラハッドの後ろにいるボールスとパーシヴァルには、不思議な模様のついた、黄金の器がそこに見えただけである。コルベニック城では、二人も聖杯の神秘をみずから味わったのであった。しかし、いまは、そんな神秘から締め出されていた。二人にとっては、ただ、畏怖と喜悦《よろこび》と敬虔の気持ちが感じられるばかりで、ふだんのミサとかわりがなかった。二人がいかにぴったり後ろにひざまずこうと、これはガラハッドがたった一人でおもむかねばならない、最後の神秘であった。人はだれでも、誕生と死には一人でむかわねばならない。それと同じことであった。

二人の目の前で、ガラハッドの全身ががたがたと揺れはじめた。さながら大風がガラハッドのからだの中を吹きぬけているかのようであった。ガラハッドは顔をあげた。朝の太陽の最初の光がガラハッドの顔を照らした。すると、まるで内なる光明がともったかのようにガラハッドの顔が輝きだした。そしてガラハッドの目は、ほかの者たちには見えない諸々のものでいっぱいになった。

ガラハッドは両手をあげて、大きな歓喜の声をあげた。

「主よ、感謝いたします。あなたはわたしの魂の希《ねが》いをかなえてくださいました。これこそどんな奇跡にもまさる奇跡です。人の心には思いもよらず、人の口では言いつくせぬものです。いまこそ、わたしが御前《みまえ》に行くことをお許しください」

こう叫ぶと、ガラハッドは頭から倒れふした。大理石の床に鎧《よろい》がぶつかる。がしゃんという音が、高い丸天井の下のがらんとした大きな空間にこだました。ガラハッドはこの世の神秘の核心を見たのだ。それを見てしまった者は、生身のまま生きつづけることなどできない。

ボールスとパーシヴァルはすぐに駆けよって、ガラハッドを抱きあげた。ガラハッドは訣別の気持ちをこめた目で、二人をかわるがわるに見た。そしてボールスにこう言いのこした。

「ふたたびキャメロットに帰ったら、父のサー・ランスロットに、わたしからよろしくと伝えてほしい。あなたを愛していますと」

言いおえると、とつぜん、ガラハッドの頭はパーシヴァルの肩の上にがっくりと落ちた。

すると、耳には聞こえない輝かしい楽の音でいっぱいになったように感じられた。そして天が割れ、一本の手がおりてきて、祭壇の前の聖杯をつかんだかと思うと、また天にもどっていった。

二人の目の前で、天はふたたび閉じた。あとには大きな教会の、何もない空間だけが残された。司教の祭服をまとった人物さえもが姿を消した。教会の中にいるのはボールスとパーシヴァルの二人だけだ。ガラハッドは死んで、そこに横たわっている。

そのとき、はげしい悲しみが二人をとらえた。こんなにはげしい悲しみは、二人ともいままで経験したことがなかった。

サラスの人々もガラハッドの死を悼《いた》んだ。ガラハッドが亡くなったその場所に墓がつくられた。そこは乙女アンコレットが休んでいる場所の、すぐ横であった。ガラハッドは王にふさわしく、礼をつくして葬られた。

ことが終わると、パーシヴァルはそれまでまとっていた騎士の装いを捨て、隠者の着る粗末な衣を身につけた。そして市壁の外に、ボールスの手をかりながら、樹の枝を編んで、簡素な小屋をこしらえた。ここで暮らして、残された生涯を祈りと瞑想のうちにおくろうと思ったのである。

ボールスはパーシヴァルへの友情は失わなかったものの、剣を捨てることも、鎧《よろい》を隠者の衣にかえることもしなかった。というのも、パーシヴァルがもはや自分を必要としなくなったら、自分の人生の道はブリテン島へ、アーサー王の宮廷へとつながっていることが、わかっていたからである。また、悲しいことながら、その時が遠からずおとずれることも、ボールスにはわかっていた。ガラハッドにはじめて出会った、その最初の瞬間から、パーシヴァルはガラハッドを追いつづけてきた。だから、きっともうすぐ、この世の外にまで追ってゆくことであろう。

パーシヴァルは、ガラハッドが亡くなったあと、ちょうど一年と三日のあいだ生きた。そして亡くなると、友と妹のそばに葬られた。そこは、いうまでもなく、聖都サラスの心臓をなす、大きな教会の内陣であった。

パーシヴァルが亡くなると、ひとり残されたボールスは鎧《よろい》を身にまとい、港へとくだってゆき、西にむかう船にのった。そして幾日も海上ですごして、ついにみずからが生まれ育った島につくと、馬を得て、一路キャメロットをめざした。

キャメロットに到着すると、人々は大喜びでボールスをむかえてくれた。ランスロットがもどってからまるまる二年がたっていた。そして、帰ってきた聖杯の騎士としては、ボールスが（いまのところ）最後であった。アーサー王も宮廷の人々も、ガラハッドとパーシヴァルにくわえてボールスももはや永遠に失われたものと思い、生きて帰ってくることを期待していなかったので、その喜びにはひとしおのものがあった。

宮廷には、弟のライオナルがいた。頭の傷跡も痛々しいガウェイン、それに沼のエクトルをはじめとして、そのほかにも大勢の旧友がいた。しかし、そこにいない者も多かった。そしてその夕べ、晩餐の席につくと、円卓の席の半分が空っぽであった。しかもそんな不在の者の多くは、いずれもすぐれた騎士であった。また、なおもそこに座っている者でも、多くの者にはなまなましい傷跡があり、そしてほとんどの者は、どこかしら昔とは違ってしまっていた。聖杯を求めるという高邁《こうまい》な冒険には、なんと高い代償が支払われたことだろう…と、ボールスは思った。それが勝利に終わったというのは、そのとおりにちがいない。しかし、そのような勝利がどのようにして達成されたのか——ボールスは思い出す気にもなれなかった。

晩餐が終わると、ボールスは、遠縁にあたるランスロットの姿をもとめた。晩餐の席についているとき、ランスロットが肉を食べず、葡萄酒《ワイン》にも手をつけないことに、ボールスは気がついた。また、ランスロットの高級な絹の衣の襟首のあたりに、毛衣《けごろも》の粗《あら》い縁《へり》と、こすれて赤くなっている肌が、ちらりと見えたような気がした。ボールスはランスロットをわきに呼んで、庭園を見おろす城壁のところまで連れていった。ここならば話をしても、誰にも聞かれないだろう。

「あなたに言伝《ことづ》てをもってまいりました。ガラハッドは魂のこいねがうものを手にいれ、わたしとパーシヴァルの腕にだかれながら亡くなりました。ガラハッドはこの世のもっとも奥深い神秘にあずかったのです。そのようなことが生身の人間に起きたら、そのまま生きつづけることなどできません。そしてガラハッドは最後の息で、あなたによろしく伝えてくれ、父上に自分の愛を伝えてほしいと言い残したのです」

「わたしがその場にいられたら、どんなによかったことだろう」

ランスロットは悲しい声で言った。

「ガラハッドもそう願っていました。わたしたちもみんな、そう願いました。あなたのことを、よく話したものです。あなたが一緒なら、どんなにうれしいだろう、と」

「それを不可能にした理由があったのだ。ある理由が…わたしを引きとめる理由が…それはわたしだけのことではなく…わたしだけがあきらめればよいというわけでもなく…」

ランスロットの声の調子はしだいにうわの空になってきた。ボールスではなく、まるで自分自身の心にむかって話しているようであった。そしてランスロットの目が何か下で動いているものを追っているのに、ボールスは気づいた。同じ方向に目をやると、夏の夕べの、しだいに濃くなりまさる柔らかい空気の中で、王妃グウィネヴィアが庭に出てくるのが見えた。

つぎの日、ボールスが十分に休養をとって目覚めると、アーサー王は書記を呼んだ。この者たちは、聖杯を求めて旅にでた騎士たちから、それぞれの冒険の物語を聞いて書きとめるのが役割であった。そのようなわけで、書記たちはボールスの物語を紙に記した。ランスロットよりもさらに先の冒険を話せる者は、ボールスしかいなかった。ボールスはガラハッド、パーシヴァル、そして自分自身の身におきた最後の冒険を物語った。また、いかに聖杯が天にもどったかも話すのだった。

こうして、記録は完成した。安全に保管されるよう、アーサー王はそれをソールズベリーにある修道院の書物蔵にあずけた。聖杯を追い求めた冒険の物語は、後の世々に来たるべき人々にも語りつがれなければならないと、アーサーは思ったのである。

作者の言葉——色濃く影をおとすケルト伝説

《聖杯の探求》というのは、アーサー王の円卓の騎士たちが《聖杯》、すなわち神聖な酒杯を探し求める物語のことである。したがって、それはがんらいアーサー王伝説の一部をなすものではあるが、過去八百年のあいだ語り継がれてきたようなかたちの、われわれにおなじみの《聖杯の探求》——とりわけサー・トマス・マロリーが『アーサー王の死』でみごとに描いてみせた《聖杯の探求》は、その部分のみをとり出して、独立したものとして読めるだけのまとまりをもっている。なぜなら、それは何よりもまずキリスト教の物語なのであり、そこではとりわけ中世の人々にはきわめて重要なものと感じられていた、魂の問題があつかわれているからである。

ただ表層だけをすなおに眺めれば、それはアーサー王の騎士たちが、キリストが最後の晩餐のときに用いた酒杯を探し求めるという冒険の物語にすぎない。しかしもっと深いところで、それは神を見出そうとする人間の物語でもある。その意味でバニヤンの『天路歴程』と同じものといえる。

しかし、中世の物語は、はるか古代からひきずってきた影と薄明《はくめい》と木霊《こだま》に満ちみちている。たとえば、かつてローマの軍団がローマ帝国の隅《すみ》から隅《すみ》まではこんでいった神秘宗教の残滓《ざんし》がそれだ。しかしとりわけ色濃い影をおとしているのが、ケルトの神話や伝説である。ただし、これは当然の話ではある。《聖杯の探求》は中世の時代にはフランスでも、ドイツでも、イギリスでも幾度となく語り直されたが、ほかのアーサー王伝説の物語と同じことで、もとはといえばケルト伝説に起源をもっているからだ。

ケルトには、そのほかにも探求物語があった。そのようなほかの物語の中でも、不可思議なことが起き、森が動き、明かりが人をさし招いたりする。そしてそのような物語にも、また、酒杯（ただしケルトの場合は大鍋）、槍、剣、石——アヌウンの四つの宝物——が登場したりする。しかもアヌウンというのは——アヴァロンのように——死者の国であると同時に、妖精の世界でもあるのだ。

この物語をお読みいただくときには、その背後にひそんでいる、古い世界の影、薄明《はくめい》や木霊《こだま》などのことを思い出していただければ幸いである。わたし自身、そのようにしながらこの本を書いたのである。

訳者あとがき

聖杯。

それは、最後の晩餐のときに葡萄酒《ワイン》をついだイエス・キリストの酒杯《さかずき》。そればかりか、キリストがゴルゴダの丘ではりつけの刑に処せられたとき、十字架上の身体から滴る血を受けたのも、この同じ酒杯《さかずき》だった…

アーサー王の宮廷がもっともきらびやかに華《はな》ひらいていた、ある年のこと。アーサー王の騎士たちが、とつぜん、熱にうかされたように、われこそは《聖杯》の神秘にあずかるのだといきごんで、暗い森の中に飛び込んでゆきました。《聖杯》が、いま、《漁人の王》ことペレス王の城にあることは、誰もが知っています。しかし、ただペレス王の城に行って、門をたたいても、《聖杯》の神秘を体験できるわけではありません。それどころか、《森》の道をどう進めばこの城にたっすることができるのかも、定かではありません。高潔無比の騎士――世に最高の騎士のみが、《森》の中で出会うさまざまの冒険や試練にうちかって、はじめて、《聖杯》に近づいてゆくことができるのです…

＊　＊　＊

このような設定ではじまる本書は、イギリスの作家ローズマリ・サトクリフによる *The Light Beyond the Forest : The Quest for the Holy Grail* を訳したものです。サトクリフはアーサー王伝説に密着しながら、みずからの想像力で語りなおした作品を三作残していますが、この『聖杯物語』はその第二作目にあたります。

作者のサトクリフ、およびアーサー王伝説については、三部作の第一作目である『アーサー王と円卓の騎士』（原書房より既刊）で簡単にご紹介したので、ここでは触れないことにしますが、サトクリフのアーサー王三部作は、アーサー王伝説にかかわる膨大なエピソード群を整理してまとめ、三つの物語に結晶させたものです。それぞれの作品が独自のテーマをもち、それ自体のまとまりをもっているので、独立した作品として読めるいっぽうで、登場人物なり、場面設定なりの特徴や、話の筋そのものが引き継がれ、全体として一つの長い物語として読むこともできるという二重の楽しみかたのできる作品となっています。

さて、前作の『円卓の騎士』では、そもそもアーサー王が誕生することになる経緯《いきさつ》にはじまり、ついにアーサーの宮廷が最盛期をむかえるというところまでが描かれていました。さまざまの優れた騎士がどのようにしてアーサーのもとに集まってきたか、というのがこの最初の作品の大きなテーマの一つですが、その頂点をかざる出来事として、パーシヴァルというひときわ優れた騎士が登場し、円卓の騎士の重要な面々がほとんどうちそろうという場面で『円卓の騎士』は終わっていました。

このパーシヴァルの登場は、しかし、アーサーの王国の最盛期を象徴しているばかりではありません。というのも、パーシヴァルが円卓に現われてから一年以内に、円卓の騎士たちがすべて《聖杯》を求める冒険の旅に出て、そのけっか、多くの騎士が傷つき、命をうしない、この冒険が終わったあとは、もはや円卓は昔のようなものではなくなるという予言がなされているからです。すなわち、繁栄の極点そのものの中に衰退の種子がはらまれているという、われわれの世にありがちの悲しい運命が、パーシヴァルの到来に象徴されているということができます。

この『聖杯物語』は、冒頭にちらっとご紹介したように、『円卓の騎士』に予言された、《聖杯》を追求する騎士たちの旅がテーマです。

サトクリフによれば、これは十七世紀イギリスの作家ジョン・バニヤンによる『天路歴程』のような、人が完全な信仰、あるいは宗教的真実にいたる道筋を描いた、キリスト教信仰の物語だといいます。しかし、それ以上に、ケルトの神話や伝説がいきづいている《探求の物語》であることを指摘しています。

よく言われることですが、われわれの人生は何かを追い求めてゆく旅路のようなものです。その場合、探し求める対象は——『聖杯物語』のように——聖なるもの、あるいは善なるものとはかぎりません。それはかぎりなく美しいものかもしれないし、あるいは物事の真理かもしれません。人それぞれに憧れをもち、その摑《つか》めそうで摑《つか》めない影を追いながらすごしてゆく——それが生きるということではないでしょうか？　とすれば、騎士たちの不思議な経験をそのような憧れを求める人生の旅路と重ね合わせながら、『聖杯物語』を読むこともできます。

しかし、これはわたし流の一つの読み方にすぎません。

『聖杯物語』は神秘に満ちた物語です。そしてあちこちに、さまざまの象徴がちりばめられています。それをどう読み解くか、どんな感想をもって『聖杯の物語』を読み終えることになるか——それは、読者のみなさんしだいです。

『聖杯の物語』は読む者の心に大きくひらかれた物語です。騎士たちとともに《聖杯》を求める旅に出てみようではありませんか。読者のみなさんがすばらしい《聖杯》を手に入れて、本を閉じられることを願いつつ……

山本史郎

二〇〇一年二月

ローズマリ・サトクリフ（ROSEMARY SUTCLIFF）

1920〜92年。イギリスを代表する歴史小説家。はじめ細密画家をこころざすが文筆に転じ、30を超える作品がある。1959年、すぐれた児童文学にあたえられるカーネギー賞を受賞し、歴史小説家としての地位を確立した。

『ともしびをかかげて』や『第九軍団のワシ』（ともに岩波書店）、『ケルトの白馬』（ほるぷ出版）のような児童向け歴史小説のほか、本書や『アーサー王と円卓の騎士』や『アーサー王最後の戦い』、『ベーオウルフ』（沖積舎）などイギリス伝承の再話、成人向けの歴史小説、BBC放送のラジオ脚本なども多くてがけ、1975年には大英帝国勲章（OBE）が贈られている。

豊かな物語性と巧みな構成力、詩的な文章で彩られた魅力的な登場人物などで、イギリス最良の伝統をうけつぐ、第一級の歴史ファンタジー作家として、世界的にも有名である。

日本においても、近年つぎつぎと翻訳書が刊行され、サトクリフの評価はいっそう高まっている。

山本史郎（やまもと・しろう）
1954年、和歌山県に生まれる。1978年、東京大学教養学部教養学科卒業。現在、東京大学大学院総合文化研究科教授。専攻はイギリス19世紀文学。訳書に『図説アーサー王物語』『ホビット』『図説ケルト神話物語』『トールキン仔犬のローヴァーの冒険』『絵物語ホビット』『アンデルセン•クラシック 9つの物語』『アーサー王物語伝説魔術師マーリンの夢』『サトクリフ•オリジナル アーサー王と円卓の騎士』『サトクリフ•オリジナル3 アーサー王最後の戦い』（以上原書房）、『アンティゴネーの変貌』（共訳、みすず書房）などがある。

サトクリフ・オリジナル 2
アーサー王《おう》と聖杯《せいはい》の物語《ものがたり》

●

2001年4月4日　第1刷
2021年9月25日　第9刷

著者…………ローズマリ・サトクリフ
訳者…………山本史郎《やまもとしろう》
装幀者…………川島進（スタジオ・ギブ）
発行者…………成瀬雅人

発行所…………株式会社原書房
〒160-0022 東京都新宿区新宿 1-25-13
電話・代表 03(3354)0685
http://www.harashobo.co.jp
振替・00150-6-151594

本文…………株式会社精興社
カバー印刷…………株式会社明光社
製本…………小泉製本株式会社

ISBN978-4-562-03396-6 © 2001, Printed in Japan